Panaït Istrati

Le Pêcheur d'éponges - La Jeunesse d?Adrien Zograffi - Volume IV

Texte et illustration de couverture : © domaine public
Edition : Culturea (Hérault, 34)
Contact : infos@culturea.fr
Retrouvez notre catalogue sur http://culturea.fr
Imprimé en Allemagne par Books on Demand
Design typographique : Derek Murphy
Layout : Reedsy (https://reedsy.com/)

Dépôt légal : janvier 2023
Tous droits réservés pour tous pays

ISBN : 9791041913787

Table des matières

AVERTISSEMENT

Certains lecteurs que j'estime m'ont, tout dernièrement, demandé pourquoi, depuis *Mikhaïl* (1927), j'ai « arrêté » la suite d'Adrien Zograffi.

Je ne l'ai pas arrêtée, je l'ai suspendue.

La suite de *Mikhaïl* devait être *Adrien Zograffi* lui-même, sa vie et sa mort : une vie et une mort de héros obscur, mais dignes d'être connues, par la soif d'idéal qui anime tant d'existences obscures et qui fut l'armature de mon Adrien.

Or, l'Adrien que je suis vit un jour sa soif abreuvée d'un fiel inattendu, imprévu et atroce : *l'enlaidissement de son idéal par ceux qui, à son exemple, s'étaient nourris de lui.*

D'autres enlaidissements survinrent, depuis, d'autres hécatombes de précieux sentiments. Aujourd'hui, rentré dans mon village, après trente ans d'absence, qu'il me soit permis de contempler la ruine d'une grande existence, de ramasser mes forces et, si j'ai encore le temps, de *repartir*.

Vers quels horizons ?

Je ne saurais le dire. Adrien non plus !

Mais la terre est toujours belle, et la plupart des humains sont toujours privés de liberté.

Nous tâcherons de les découvrir encore une fois et de les aimer. En attendant, nous fouillons dans des décombres.

PANAÏT ISTRATI
Baldovinesti-Braïla, avril 1930.

LE PÊCHEUR D'ÉPONGES

Dans le voisinage de l'Acropole, il existait, vers 1907, une rue de la banlieue d'Athènes dont le nom m'échappe en ce moment. Cette rue peut très bien avoir gardé son nom d'autrefois, comme elle peut l'avoir changé, comme tous deux peuvent avoir disparu, sans laisser de traces, car les rues et leurs noms sont à peine moins éphémères que les hommes, et cela n'a en vérité aucune importance.

Ce dont je me souviens et ce qui intéresse, c'est que, dans cette rue, il y avait à cette époque un restaurant modeste, où, du haut d'une petite terrasse, la vue montait en flèche vers l'étonnant temple de marbre juché sur le sommet de l'Acropole. Et comme il arrive toujours à ces choses médiocres, qu'on rencontre au voisinage d'une merveille, ce cabaret se nommait : *Restaurant du Parthénon*.

Attablé à la terrasse et dégustant un bon plat grec, le jeune voyageur Adrien se posait assez raisonnablement cette question : « Quelle gloire peut bien tirer une gargote du nom d'un monument unique ? Alors que, si elle affichait, par exemple, *Restaurant du Bifteck Exquis,* le passant comprendrait qu'ici l'on est bien traité. » Et comme il était de naturel bavard, Adrien fixa les yeux sur l'un de ses voisins de table qui, lui aussi, semblait ne rien comprendre au lien qui rattache un bon plat à une merveille des temps écoulés. Mais ce voisin trahissait une grande lassitude et ne paraissait pas avoir la moindre envie d'entamer une conversation.

Cela se passait vers la fin du mois d'août. Malgré la nuit qui commençait à tomber, la fosse où gît Athènes restait étouffante comme une étuve. Le voisin de table d'Adrien demanda « de la bière fraîche et des cigarettes ». Le garçon répondit que « des cigarettes, il n'en avait pas ».

– Vous pouvez prendre les miennes, fit Adrien, qui s'empressa d'offrir sa boîte à l'inconnu.

Celui-ci, gauche, un peu confus, accepta l'offre, remercia, et dut, bon gré mal gré, converser avec Adrien, tant il est vrai qu'il n'y a rien à tenter quand un homme bienveillant vous accable.

Dès les premiers mots échangés, l'un et l'autre comprirent que le grec qu'ils parlaient était loin d'être du pur athénien :

– Il me semble que vous êtes roumain, dit Adrien avec l'audace de l'Oriental.

Son interlocuteur sourit, les traits de son visage se modifièrent et prirent un air beaucoup plus amical.

– Oui, je suis roumain...

– D'où ?

– De Sulina, mais j'ai vécu longtemps à Bucarest.

*

C'est à ce bref dialogue que se borne, généralement, dans ce vaste monde, toute la curiosité des voyageurs prudents. Beaucoup n'ont même pas cette curiosité, si boiteuse, si pauvre de chaleur soit-elle. D'autres, guère nombreux, la poussent un peu plus loin et ajoutent :

– Et qu'êtes-vous venu faire ici ?

– Je suis venu, conduit par la soif de connaître, d'apprendre et d'aimer...

– Hum !

– Hum !...Quelle étonnante cocasserie !

Adrien et sa nouvelle acquisition quittèrent le *Restaurant du Parthénon* après un quart d'heure d'entretien. Le premier avait posé les questions les plus inconvenantes, le second s'était borné à de douces réponses. Et de toutes les réponses, une seule avait pesé sur le cerveau d'Adrien : « Je suis parti pour voir le monde. »

Ils allaient tous deux silencieux, par une nuit d'étouffante chaleur. Adrien examinait mentalement son compagnon et retournait cette phrase sous toutes ses faces.

« Il est parti pour voir le monde ! Et il ne paraît être qu'un vaurien comme moi ! Diable ! Partent-ils, les vauriens, comme cela, pour voir le monde ? »

Il songea à tous ceux qu'il avait vus en train de « voir le monde » et qui ne voyaient rien. Les uns, flanqués d'un interprète et munis d'un Baedeker, toisaient une statue, grimpaient sur une pyramide, ou bâillaient poliment sur un sarcophage vermoulu. Ceux-ci « voyaient » ce que leur débitaient la sottise de l'interprète et l'érudition du Baedeker. D'autres, qu'il connaissait bien, avaient fui le service, s'étaient mariés et luttaient avec la misère. Ceux-ci « voyaient le monde » malgré eux. Il restait encore une catégorie : ceux qui partaient « pour voir le monde » et qui devenaient des ruffians.

Adrien ne put classer son compagnon dans aucune de ces trois catégories. Alors, le prenant par le bras, il le poussa vers un banc du jardin Zapion, qu'ils traversaient, s'accrocha à l'inconnu et lui souffla au visage :

– Dites-moi : pourquoi êtes-vous parti pour voir le monde et qu'est-ce que vous voyez ?

*

Je suis né, lui répondit-il, avec de grands désirs et de petits moyens. Mieux vaudrait naître idiot. Mieux, sans doute, vaudrait-il naître aveugle...

Nous entrons dans la vie grâce à un bref plaisir qui charrie derrière lui une amertume infinie. Souvent, m'évertuant à comprendre le sens de mon existence et celui des événements qui se jouent de nous, je suis arrivé à la conviction que le créateur de la vie ne fut qu'un insensé. Qu'il ait eu le goût de remplir la terre, le sous-sol et les eaux d'un fourmillement d'êtres bornés, encore puis-je le lui pardonner : plus le pouvoir est grand, plus les niaiseries sont grandes. Mais qu'il ait contraint ces êtres à vivre à l'encontre de leur propre nature, voilà qui est inexcusable.

Et c'est ce qu'il a fait. Il a jeté les poissons sur le sol et leur a dit : « Grimpez aux arbres et cherchez votre nourriture ! » Aux oiseaux, il a ordonné : « Au fond de l'océan, vous allez vivre ! »

Mon père était batelier à Sulina. Ma mère se crevait à faire grandir sept idiots : mes frères, et un seul homme sensé : moi. Oui, moi. Il m'est facile de le prouver.

Mes frères font aujourd'hui ce qu'ont toujours fait leurs parents : ils travaillent par peur de la faim ; mangent et boivent par peur de la mort ; dorment parce qu'ils sont fatigués ; se battent et se multiplient parce que c'est ainsi que cela leur chante. Deux de ces sept idiots sont devenus riches. Ils n'ont changé qu'en leur façon de vivre : ils ne vont plus à pied et fréquentent assidûment l'église, où ils somnolent pendant toute la durée du service divin et ne se réveillent qu'au moment où le bedeau, passant pour la quête, leur crie dans l'oreille : *Pour l'égli-i-ise !... Pour l'hui-i-ile !... Pour les cie-e-erges !* Alors ils se souviennent de Dieu et l'honorent de deux sous, qui les haussent dans l'estime des paroissiens. Mais nos parents, vieux et pauvres, ils les ont laissés mourir de froid et de faim. Quand ils parlent de ces événements, mes frères et leurs paroissiens disent qu'« ainsi Dieu l'a voulu ».

Moi, j'ai voulu vivre autrement. À l'âge de dix ans, j'ai quitté l'école. Je me suis embauché comme garçon d'épicerie. Je volais du pain et des anchois, que je portais la nuit à mes parents, mais les pauvres vieux sont morts, malgré les anchois, et je suis resté seul.

Maintenant, j'ai treize ans. Autour de moi, tout un monde de frères…frères de la même graine que mes aînés, les parvenus et les autres. C'est la même chose : que celui-ci arrive ou qu'il n'arrive pas, il n'y aura de changé sur la terre que le jugement de ses paroissiens, selon qu'il va à pied ou en voiture, selon sa façon de répondre au bedeau qui crie pour Dieu.

Là fut ma première révélation de l'œuvre de ce Dieu, et j'en eus la nausée. J'envoyai au diable mon épicerie et ses tonneaux d'anchois. Je commençai une vie de vagabondage dans le port, à l'époque où les ports avaient une âme et nourrissaient des troupeaux d'enfants et de chiens vagabonds. Enfants et chiens, nous rôdions autour des mêmes cuisines ambulantes, recevions des hommes les mêmes reliefs de table et les mêmes coups de pied, couchions la nuit dans les mêmes refuges, afin d'avoir chaud et de nous sentir amis.

Parfois, un lambeau de journal, une feuille détachée de quelque livre, dont j'épelais le texte, le dos tourné au soleil, me racontaient des histoires à dormir debout. C'est ainsi qu'un jour je lus, sur l'une de ces feuilles, que le vent emportait :

Les citoyens de notre pays sont égaux devant la loi. Ils ont les mêmes droits et les mêmes devoirs.

Je n'avais pas quinze ans, et le rire était déjà mort pour mes lèvres, mais à la lecture de ce mensonge, j'ai ri comme un bossu.

Alors je vis un commandant de remorqueur, qui s'approcha de moi et me demanda pourquoi je riais seul. Je lui passai la feuille.

— Eh bien, qu'avez-vous à rire ?

— Il y a de quoi rire, monsieur le capitaine. J'ai pensé à mes parents : ils étaient égaux devant la loi. Ils avaient les mêmes droits. Croyez-vous que ces droits les aient empêchés de crever de faim en accomplissant leurs devoirs ? C'est pourquoi je crois que ces lignes ont été écrites par un idiot.

*

Mais, dans le monde, on ne rencontre pas que des idiots. Le commandant de remorqueur fut un homme. Il me tira de la poubelle du port où je vivais, m'accorda un travail humain, à bord de son vaisseau, et un regard amical aux heures de naturelle faiblesse.

Il me dit, le premier jour :

— Mon garçon ! Je vais te donner une seule leçon de vie, que tu me promettras de ne plus oublier. Apprends donc que le monde se partage en trois catégories, pas davantage : il y a des gens qui savent, d'eux-mêmes, qu'avec un couteau qui sent l'oignon, on ne doit pas couper du pain ; il y en a d'autres qui n'y pensent pas, mais qui l'apprennent en le voyant faire ; il y a ceux qui ne le savent pas, qui ne l'apprennent pas en le voyant faire, et qui continuent à manger ou à servir du pain puant l'oignon. S'il y avait une justice sur la terre, de tous ces gens, les premiers devraient donner des ordres, les seconds les faire exécuter ; et les derniers obéir. Ainsi, le monde pourrait approcher de sa perfection, ce qui est loin d'être, car la vie n'a pas de bon sens. N'empêche : sois comme les premiers ou tâche de faire comme les seconds, pour le salut de ton âme. Voilà toute mon instruction.

Ce fut tout. Et six années durant, faisant tous les ports du Danube entre Sulina et Turnu-Severin, j'ai rempli mon existence de travail et de dignité, en y apprenant tout ce qu'on doit savoir sur un remorqueur fluvial : la mécanique, le chauffage, la charpente, la peinture. Seul, pourtant, le gouvernail fut ma joie.

Les grands fleuves sont comme les grandes âmes : leur fond est à jamais instable. C'est ce qui passionne les vrais navigateurs, car rien n'est plus triste qu'un chemin sûr, pour celui qui comprend la vie.

Je n'arrivai que lentement au gouvernail. Le commandant, qui cependant m'aimait, était de ces hommes qui distribuent la bonté au moyen d'une petite cuiller. « La bonté sans mesure, disait-il, est plus nuisible que l'égoïsme. On ne rend service à personne en laissant croire qu'on peut s'appuyer indéfiniment sur vous ! »

Néanmoins, il ne cessait pas une minute de me prodiguer ses encouragements, et le jour où il fut convaincu que j'étais digne du gouvernail, il me le confia. Je veux dire que je le vis prendre mon manteau et s'en aller.

– Maintenant, mon ami, à toi *La Patience !* (c'était le nom du remorqueur). Sois-en le maître, aussi longtemps qu'il te plaira. Et si un beau matin l'envie te prend de courir le monde, tu peux y aller. Tu étais destiné à devenir un bagnard. Ton application et ma bienveillance ont fait de toi un homme utile à la société. Il ne te faut plus qu'un diplôme. Là encore, tu auras besoin d'un examinateur qui ne te cherche pas noise. Espérons que tu le trouveras.

*

Je ne l'ai pas trouvé. Je ne l'ai même pas trop cherché…La mort inattendue de mon commandant et le service militaire vinrent, coup sur coup, me prouver qu'on revient toujours à son destin. Le destin n'est rien d'autre que notre propre cœur. On ne devient que ce qu'on est. Et si vous êtes faible de cœur et de moyens, quel puissant voudriez-vous trouver pour vous prêter son cœur, et ses moyens ?

Le commandant du remorqueur a bien voulu me prêter les siens, jusqu'à sa mort. C'est ainsi que, pendant six ans, j'ai pu aller contre mon destin. Cela me fut doux, mais ce n'était qu'un rêve. Car il est inutile de « savoir, de soi-même, qu'on ne doit pas couper le pain avec le couteau qui sent l'oignon ». Il faut encore pouvoir « donner des ordres », disait le commandant, pour qu'il y ait justice sur la terre ; et comme il n'y en a pas, je suis redevenu l'homme de toujours, celui qui obéit aux ordres.

J'ai obéi, durant mes trois ans de service, et m'en suis tiré indemne. Puis le diable me conseilla de livrer mon cœur à une femme quelconque, autre *restaurant* aux prétentions de *Parthénon*. Elle te hisse sur tous les sommets, afin que ta chute soit plus vertigineuse. Ce ne fut pas sa faute. La mienne non plus. La mienne ne fut que de tomber.

Tout ce qu'un homme de cœur avait bâti en six ans s'est effondré en quelques mois, mais surtout l'envie d'agir, ce premier support de l'existence humaine. Pour quelles raisons agir, quand nul ne croit en vous ? Ce serait être inférieur à un poteau télégraphique. Le poteau télégraphique soutient le fil, qui croit en lui, et il en est fier. Mais vous !

Vous, ne pouvant égaler la destinée d'un poteau télégraphique, allez rejoindre la vôtre dans la poubelle de Sulina, où les chiens mêmes vous évitent, maintenant que vous n'êtes plus un enfant. Ou bien, allez échouer, comme garçon de bureau (gros garçon bête à la moustache épaisse !), dans quelque fabrique de sucre, où vous voyez paraître votre frère, toujours idiot, mais riche, toujours miteux, mais pouvant donner des ordres, qui avance sa tête, mal débarbouillée, au guichet des commandes et miaule timidement :

– Monsieur…je voudrais *un peu* de sucre.

– Petit vieux, fait l'employé, ici on ne vend pas du sucre au kilo, mais par wagon.

– Eh bien, répond le « petit vieux », envoyez-moi trois wagons. Je suis X…l'épicier en gros de Sulina.

– À vos ordres !

Le bel employé jette sa cigarette et prend la position militaire, devant le miteux qui pue l'oignon.

Alors, vous prenez la poudre d'escampette et vous vous en allez dans le monde.

*

Bien entendu, vous y emportez votre cœur, comme j'ai emporté le mien, dans ce malheureux port du Pirée que j'ai choisi, toujours en espérant mieux. Et naturellement, je n'ai pas eu à m'en louer.

La Grèce est riche en « capitaines » et pauvre en blé. Sur les quais du Pirée, les « capitaines » sans navires grignotent un hareng saur ou une laitue, et se contentent du commandement d'une barque, ce qui ne les empêche pas d'avoir du cœur et de raconter des exploits imaginaires que personne n'écoute.

Je les ai écoutés, moi. Et j'ai vu que de toutes les misères qui peuplent l'âme humaine, nulle part le tragique n'est plus cruel que là où il se mêle de ridicule. Le ridicule est un champignon vénéneux qui continue de pousser à la racine de l'arbre que la foudre vient de déchiqueter. Dans le port du Pirée, l'homme affamé et loqueteux oublie sa misère, se crée des légendes et vit d'imagination.

Voici un restaurant propret où déjeune régulièrement Kir Dimitropoulos, commandant de cargo qui se donne des airs d'amiral. Tous les vauriens y accourent. Ne pouvant se payer un repas, ils demandent un petit verre, qui tarde à venir, qui souvent ne vient pas, car le tenancier doute même de leur maigre solvabilité. Cela ne leur fait rien. Ils ne sont pas à une offense près. Brûlant de ce qu'ils ont à dire à Kir Dimitropoulos, ils se pressent autour de lui, évoquent, point par point, les difficultés de la navigation, inventent des prouesses inexistantes, à l'actif de leur adulé, et pendant que celui-ci avale son agneau rôti, ils avalent, eux, leur salive.

Parfois, les malheureux s'aperçoivent qu'ils sont seuls. Alors, ils retournent vivement au café des « commandants » déchus, où ils parlent tous à la fois et s'entendent à merveille, car là personne ne prend de l'agneau rôti.

Ce sont des sentimentaux, des êtres aux grands désirs et aux petits moyens.

*

Mais, dans le monde, il n'y a pas que des sentimentaux. À côté du grillon, se tient enroulée la vipère. La vipère humaine a des désirs insignifiants et des moyens excessifs.

Un après-midi d'avril, alors que je rôdais affamé dans le port, un homme m'aborde :

— Veux-tu travailler ?

— Oui, je le veux. Quel travail ?

— La pêche des éponges, vers Alexandrette, sur les côtes de Syrie.

Je pense : « Pourquoi juste sur les "côtes de Syrie" ? » Je le lui demande. Il me répond :

– Parce que dans l'Archipel nous sommes trop nombreux. On perd son temps.

– Combien payez-vous ?

Il me fixe dans les yeux, lâche le montant de la somme, tel un jet de venin, et ajoute :

– Payé intégralement à l'avance, pour trois mois de saison.

Je reste ébahi. La rétribution était énorme, pour un pays qui grouille de vauriens. J'examine le visage de l'homme. Il était calme, banal, sous la pellicule gercée par les vents des mers. La tête de la vipère non plus ne diffère pas beaucoup de celle des autres serpents. Le cobra, il faut lui marcher sur la queue, pour qu'il se fâche et se redresse. Aux hommes il ne leur en faut pas tant, pour qu'ils vous mordent. Ils sont de naissance fâchés avec tout ce qui est beau, grand et juste.

J'interprétai cette largesse de mon embaucheur en me souvenant que la pêche des éponges est plus pénible que l'extraction du charbon de la mine. On n'attrape pas des mouches avec du vinaigre, même si on tient compte de la faim qui chasse l'ours de son repaire, comme on dit chez nous. Au Pirée, la faim chasse le vaurien du cabaret et le fait s'étendre au soleil.

Ne pouvant me nourrir, comme eux, de soleil, d'exploits imaginaires et d'un tentacule de pieuvre, j'acceptai la proposition de l'inconnu.

Un ennemi tout aussi puissant que la faim contribua à me la faire accepter : c'était mon désir de connaître d'autres contrées, cet implacable vice qui pique de l'éperon tout vagabond sentimental, dès qu'il croit possible de se créer un meilleur sort. Il est, sous une forme plus idéale, l'œuvre de la même fantaisie qui fait croire au voyou du Pirée que, plus d'une fois et dans plus d'un endroit, il a commandé un navire et accompli des faits d'armes.

Syrie… Mot enchanteur… Tous les mots enchanteurs nous coûtent cher.

*

En compagnie de mon patron, qui payait partout et se taisait comme un reptile, j'allai faire les achats nécessaires à mes trois mois de bagne flottant. Enfin, ils ne me tueront pas, me disais-je. Lui, à son tour, devint un peu plus gai, surtout quand l'embarcation nous prit pour nous conduire à bord du bateau, qui était ancré tout près dans la rade.

Ici, le patron conserva sa bonne humeur, mais, moi, je perdis la mienne. Une dizaine de brutes moroses, qui constituaient l'état-major du pirate, me firent entrevoir une Syrie bien moins magique que celle de mon imagination. Bientôt, le choc avec la réalité devait me faire voir trente-six chandelles.

Il est vrai : ces dix chenapans et leur maître ne faisaient rien qui vous autorisât à les soupçonner. Ils étaient corrects. La popote, mangeable. Néanmoins, à les voir se faufiler sur le pont, avec leur carrure et leurs faces bestiales, parlant peu, s'entendant à demi-mot et souriant avec hypocrisie, mon cœur ne douta plus de l'élasticité de leur conscience.

Des va-nu-pieds de mon espèce, il y en avait encore cinq, à bord de cette vieille galoche. Deux Grecs, deux jeunes Arméniens et un Sénégalais. Les Grecs, heureux de pouvoir croquer une galette, avaient déjà pris le commandement du calque et se querellaient au sujet de l'itinéraire à suivre. À les écouter, les autres se tordaient de rire. Aucun ne s'apercevait du piège certain dans lequel nous venions de tomber.

Les jours suivants, quatre autres gueux furent pris au lasso de l'apparente aubaine et charriés à bord. C'étaient deux Italiens et deux nouveaux Grecs. Ces derniers intervinrent promptement, avec leurs lumières, dans le débit fantaisiste qui s'était ouvert sur la direction du « vaisseau », lequel, du coup, se vit achalandé de quatre « commandants » inattendus. Les Italiens, une fois nourris, s'attelèrent, comme des forcenés, au jeu de *la more*. Je restai seul, bien que maintenant nous fussions dix prisonniers du même destin.

L'équipage étant ainsi au complet, le lendemain, vers le soir, un cri métallique retentit sur le pont :

– Allons ! à l'ancre !

Ce fut comme un éclat de vérité en pleine nuit spirituelle. Jeux, rires, paroles, tout se tut, assommé. Devant nous, qui étions dix, il y avait onze hommes qui se tenaient en position de combat. Nous, les mains vides. Eux, armés de revolvers, bien visibles, pour que nous le sachions.

Je le savais, pour ma part, et n'en demandais pas tant. Je me levai le premier. Mais les autres malheureux, lents à comprendre, n'en revenaient pas. Et trouvant que le charme venait d'être trop brusquement rompu, ils mirent un tel regret à faire prendre le large au bateau que, sans transition, quelques coups de bottes distribués à toute volée dans les derrières tranchèrent avec éloquence un reste de malentendu qui subsistait à bord sur la composition de notre petit monde.

Alors, je ne sais quelle voix de compagnon me demanda tout bas, à l'oreille :

– Tu n'as pas non plus de contrat en règle ?

– Un contrat ?...On n'en fait pas, avec des hommes recueillis dans les poubelles.

Une nuit riche de menaces tombait sur le port au moment où nous quittions la rade.

Au loin, à l'horizon, le crépuscule enveloppait d'une lame de sang le cœur offensé de la terre, pendant que la caravelle glissait insensiblement, comme une traîtresse.

                                    *

Des jours et des nuits, nous avons flotté entre ciel et mer. Nous connûmes tout : des vents favorables qui nous faisaient filer comme des hirondelles ; des vents contraires, devant lesquels nous devions lutter dur pour ne pas trop reculer ; des moments d'accalmie, où nous ressemblions à une bouée.

Pour être juste, pour ne pas irriter le Seigneur, comme on dit dans nos campagnes, j'avouerai qu'ils ne m'ont pas manqué, les instants de doux bonheur intime, pendant lesquels, en dépit de ma parfaite servitude, des sursauts de reconnaissance envers la vie naissaient au fond de mon âme. C'était justement dans les heures d'accalmie, lorsque nos tyrans se rongeaient le cœur. Mais cela n'arrivait que bien rarement, car il faut un miracle pour qu'il naisse quelque reconnaissance dans une âme consciente de sa servitude. Et c'en était une, bien consciente, quand la mer, le ciel et les hommes se mettaient de la partie pour broyer nos corps et avilir nos âmes.

Telle était notre vie quotidienne. Parfois la lutte nous épuisait au point que la nourriture même nous écœurait. D'ailleurs, du repas chaud, seule l'odeur nous parvenait. Il n'y en avait que pour nos geôliers. Nous, nous devions nous contenter de galettes et de conserves, rarement d'une soupe de poissons frais. Alors je compris combien avaient raison les flemmards du Pirée d'être flemmards. Ils savaient que, travaillant ou ne travaillant pas, c'est toujours un hareng saur qui est leur part de vie.

Cette vérité me fut un jour confirmée par l'un de mes compagnons de servitude, qui me raconta l'anecdote suivante :

— Tu sais, fit-il en contemplant ses mains abîmées par les cordes, chaque fois que deux chiens se rencontrent, ils ont l'habitude de se flairer réciproquement, d'abord le nez, puis le derrière. C'est leur façon à eux de constater leur état social.

» Ainsi, un misérable cabot, affamé et galeux, rencontra un jour un chien de luxe, gras et propre. Conformément à la loi des frontières, les deux inconnus firent l'inspection de leurs nez, puis chacun alla fouiller dans les bagages de son congénère, quand le chien de luxe recula aussitôt, dégoûté :

» – Quoi, fit le cabot. Je ne te plais pas ?

» – Pouah ! s'esclaffa l'autre. Que tu es laid et sale, derrière !

» – Je te crois, ami, répliqua le galeux. Mais dis-moi : qu'ai-je de bon et de propre, devant, pour me permettre d'être beau et agréable, derrière ? Ai-je, moi, à ton exemple, un os bien garni ? une couchette bien chaude ? une caresse ? Puis-je espérer être aidé en cas de maladie ? Rien de tout cela, devant. Alors, comment veux-tu que je sois épatant, derrière ?

Pourquoi seraient-ils épatants, les cabots humains ? Et pourquoi rougiraient-ils des trous de leurs pantalons ? La honte est une fleur qui pousse dans une terre qui se nomme dignité, mais il n'y a de dignité que là où il y a raison d'être.

Quelle raison d'être a le cabot humain ?

*

Je ne sais pas comment on fait aujourd'hui la pêche des éponges, mais il y a vingt ans, chaque éponge arrachée à la mer contenait une goutte de sang de son pêcheur.

Le matin du jour où la chaîne des Libans parut à nos yeux, ne sachant ce qui nous attendait, c'est avec des cris de joie que nous saluâmes le ciel, la terre et les goélands qui nous escortaient. Nos maîtres saluèrent le diable qu'ils cachaient dans leurs âmes et préparèrent, silencieux, les câbles et les couteaux.

Dans ces parages de la Méditerranée, il y a de grandes portions de mer dont le fond se soulève à quinze ou même dix mètres de la surface marine. C'est ici l'un des domaines les plus riches en éponges, ces vastes baies solitaires, sillonnées uniquement par les Caïques de pêcheurs.

Ici, chaque mètre carré de mer a vu surgir à sa surface une bulle qui, se brisant, a laissé s'échapper vers l'inclémence humaine un gémissement muet, sorti de la poitrine de l'homme qui s'évertuait au fond de l'eau à détacher une éponge. Quelques mois plus tard, cette éponge s'évertuait à son tour à nettoyer une infime partie de la saleté de ce monde. Homme et éponge peinaient en vain, car voici :

Dix bourreaux, alignés à bâbord et à tribord, tiennent dans leurs mains le câble et la vie d'un homme. Chaque homme, nu, tel qu'il est venu au monde, tient dans sa main un couteau court et très affilé. La corde passe sous les aisselles. L'homme porte sur le dos un lest, beaucoup plus léger que son amertume, mais bien plus lourd que ses péchés. C'est tout.

Le lieu de pêche choisi et le bateau ancré, le commandant procède aux sondages, en criant :

– Douze mètres ! huit ! treize ! onze ! neuf !

Derrière lui et à chacun de ses cris, se postent l'esclave et son maître : une bonne dose d'air, et vous voici au fond de l'eau, où, les yeux ouverts, vous pourriez voir une aiguille qui descend et la place où elle se pose.

Le fond de la mer est tapissé d'éponges de toutes les dimensions. L'homme empoigne la plus grosse et veut la couper. Mais l'éponge tient à sa vie, comme toute vermine, et se défend. Sa défense n'est autre que le suc gluant dont elle est imbibée et qui la fait glisser des mains, tel le mercure, alors que la racine fait corps avec le rocher. Là est la tragédie de la pêche aux éponges : la dose d'air s'épuise rapidement, le cœur bat à étouffer, les oreilles craquent, les yeux commencent à se couvrir du voile qui précède la mort.

Alors, avec ou sans éponge, vous êtes forcé de tirer le signal, ne pensant plus à ce qui vous attend, ne pensant plus qu'à
l'air – l'air ! cette grosse fortune de l'existence que l'homme n'a
pas réussi à capturer.

Remonté à bord, si la chance vous a aidé à apporter une
belle éponge, vous êtes payé de quelques instants de répit, qui
vous semblent doux comme une caresse de femme aimée. Si
vous apportez une éponge en loques ou rien, un bon coup de
poing, reçu à nu dans les côtes, vous fait blasphémer la vie et
son créateur.

Ce n'est pas la douleur du coup qui vous fait mal, mais la
haine et l'envie de planter votre couteau dans le ventre du tyran.

On a trouvé des malheureux qui, débordés par la haine, ont
oublié le péril et ont frappé. Une minute après, ils allaient à la
mer, le cœur traversé d'une balle.

Sur notre bateau, un seul esclave osa payer de sa vie cet
instant de révolte. Il nous servit d'exemple, mais nous ne
l'imitâmes pas. L'homme est lâche : quand ce n'est pas lui qui
tient à la vie, c'est la vie qui tient à lui, et c'est le même diable.
Car le but de la création n'a pas été de peupler la terre d'êtres
dignes, mais d'animaux.

Animaux prisonniers, nous avons continué notre tâche de
vermisseaux plongeurs : apporter des éponges et souffler un
peu, revenir les mains vides et recevoir des coups. Au loin,
Alexandrette, Mersine, la rive nous semblaient une terre pro-
mise. Là-bas, l'homme était libre d'être flemmard, libre de crever de faim, libre !

Nous étions embauchés pour trois mois. On nous en fit
faire quatre pour le même prix. En septembre seulement, on
nous ramena au Pirée, on nous jeta à terre, comme des outils
bons à rien.

Pauvres vauriens, sans noms et sans dieux. Leur joie fut tellement grande, qu'une semaine durant ils ne dessoûlèrent plus. Lorsqu'ils revinrent à la réalité, ils n'étaient bons qu'à se faire prendre au lasso d'une autre aubaine, à être conduits à Dieu sait quelle autre pêche.

Je n'ai pas fait comme eux. Et aucune malice n'a plus réussi, depuis, à m'agripper. Il est vrai que je suis resté un homme sans raison d'être.

Mais qu'est-ce que ça fait à Dieu si une pierre, tombant du ciel, écrase sur la terre un grain de maïs ou un homme avec grande raison d'être ?

BAKÂR

Le printemps de 1909 fut une des époques les plus dures de ma vie. J'étais au Caire. Avril finissait. Les maisons tiraient leurs volets. Dans la rue, dans les lieux publics, les Européens devenaient de plus en plus rares, et, avec eux, le travail.

Aucun moyen d'aller à Alexandrie et, de là, fuir sur un bateau. Depuis plus d'un mois je vivais de « bricolage », m'endettais, languissais, désespérais. Pour moi la bonne paie du samedi soir, avec un plat d'agneau aux épinards, n'était plus qu'un souvenir. Ciel brûlant. Terre brûlante. Du ciel et de la terre, plus de salut !

Je le cherchai, néanmoins, ce salut quotidien.

Je savais qu'à Héliopolis, aux environs du Caire, on construisait sur une large échelle. Travail de forçat, il est vrai, mais on dit chez nous : « Quand on ne peut pas embrasser le beau, on embrasse le morveux. » J'allai à Héliopolis, voir ce « morveux » et l'embrasser bon gré mal gré.

Je fus renversé par la merveille que mes yeux virent. Du sol aride, du désert sablonneux, une ville entièrement neuve avait surgi. Une ville avec des maisons, avec des palais, pleine de vastes établissements en pierre de taille et en béton armé. De larges avenues symétriques la traversaient. Des embryons de jardins, des arbustes nourris au biberon luttaient vaillamment contre le soleil tropical, se contentaient d'une poignée de terre noire nichée dans le sable et buvaient avidement l'eau qu'on leur versait continuellement, comme sur un indomptable brasier.

Solitude... Silence... Point d'habitants. Des ouvriers et des architectes. Les premiers, moroses, accablés. Les seconds, casqués de liège, allaient et venaient, nonchalants. Seuls les chefs d'équipe, entre deux bocks, donnaient de la voix, excitaient leurs hommes au gosier desséché, au corps rompu. Parmi eux, les Soudanais, qui pétrissaient le mortier des fondations, n'avaient plus rien d'humain. Vrai bétail. Faces noires suant à grosses gouttes. Yeux congestionnés implorant le vide terrestre. Voix lamentables hurlant en chœur la cadence des bras qui se soulèvent rythmiquement et laissent tomber leurs lourds outils.

Pour ceux-là, Dieu n'existait plus, car l'homme L'assassinait. Tel était l'Héliopolis de 1909.

Je fermai les yeux pour les protéger du soleil et, aussi, pour ne plus rien voir des cruautés de la vie. J'étais fixé, maintenant : le travail, ici, était un assassin. Tuer pour vivre. Mourir pour vivre. Mourir à chaque instant, pour vivre... quoi ? Que m'offrait-on pour une telle journée et un tel labeur ? Deux shillings ! Belle éternité !

Assis à l'ombre d'un bâtiment qui donnait sur le parc d'une grande place, je renonçai à la lutte, et, tout de suite, ma misère me parut plus douce. La lutte vaine et destructrice d'âmes. Nous devenons forts dès que nous acceptons un mal qui s'impose violemment. Place au malheur ! Le bonheur doit, tout de même, se trouver parfois derrière lui !

Je savourai ma détresse : je lui trouvais un meilleur goût que le plat d'agneau aux épinards, récompense de six jours d'une peine semblable à celle que j'avais sous les yeux. Non, la faim a ses avantages.

Mais c'est la soif qui me tourmentait le plus, pendant que je restais assis et contemplais la belle place inondée de feu céleste. Depuis quelques heures, je ne faisais que boire et m'asperger à tous les jets d'eau. Et plus je buvais, plus j'avais soif. Ah ! si j'avais pu me permettre, moi aussi, le luxe d'un bock, ou au

moins d'une eau gazeuse d'un demi-*piastre tarif* ! Vingt paras…
Six centimes, il faut les avoir !

Je savais, toutefois, que bien souvent dans ma vie je n'avais
pas eu ce que je désirais, mais qu'un dieu encore inconnu
presque toujours calmait ma soif, sans me demander d'autre argent. C'est sans espoir, cependant, sans cet espoir qui arrache le
cœur, que je regardais ce beau kiosque, à vingt pas de moi, où
trônait un superbe comptoir. Des appareils d'un nickel étince-
lant le surmontaient et débitaient toutes sortes de boissons ra-
fraîchissantes.

Là, dans ce kiosque, il y avait un homme. Je le voyais sortir, verser des citronnades et disparaître à l'intérieur, à l'ombre.
Cet homme, ce marchand, pouvait-il ne pas avoir de cœur ?
J'allai jusqu'à lui en soupçonner. Vif et adroit, trapu et souple, le
visage basané que rayait une moustache noire épaisse, la pipe
au coin des lèvres, la casquette enfoncée sur des sourcils brous-
sailleux : c'était un vrai tzigane de chez nous.

Il ne me voyait pas, ne voyait rien. Il me semblait qu'il ne
regardait même pas le client qui venait lui commander une
orangeade. Je ne sais dans quel rêve, un rêve bien à lui, son regard était perdu.

Très à mon aise, riche de toute ma coûteuse liberté, je ca-
ressais des yeux la carrure de cet homme qui se débattait ner-
veusement dans son étroite cage. Puis, me levant doucement, je
me mis à rôder autour du kiosque.

Le comptoir, tout beau qu'il fût, n'excitait en moi que le besoin d'éteindre ma soif ; mais le kiosque et surtout ses vitraux
me faisaient oublier la soif. C'était un joyau créé par l'amour et
orné par la passion.

Tout en bois dur sculpté, verni, rassasié d'huile, ce pavil-
lon, s'il n'avait pas eu ses vitraux, n'était pas extraordinaire :

une belle chose figée dans sa beauté rigide, comme une statue sans âme et muette. Les vitraux étaient son âme. Eux parlaient. Et quelle langue tumultueuse, quelle langue universelle !

Dans tel ovale, un coucher de soleil des tropiques fulminait comme un incendie. Dans tel autre, un iceberg majestueux dérivait, joyeux et triste, vers son destin. Opposées l'une à l'autre, dans leurs rectangles, une bohémienne, couchée sur un tapis aux dessins balkaniques, et une bayadère, allongée sur une fourrure de tigre, se livraient toutes deux au même rêve violent, tandis qu'au-dessus d'elles, appuyé sur son gros bâton, un jeune berger (roumain ? bulgare ? serbe ?) les contemplait d'un air narquois, sa belle moustache au vent, le bonnet sur la nuque, la crinière en bataille. Partout, jusqu'aux moindres encoignures, des paysages exotiques, des têtes passionnées, des oiseaux et des bêtes se succédaient les uns aux autres dans un ensemble harmonieux.

Au centre d'un désert, au milieu des bâtiments grisâtres, ce kiosque était un poème. J'en fis le tour sans me lasser, au risque de me faire prendre pour un cambrioleur ; puis la soif finit par me clouer devant les robinets à limonade. Alors, le marchand surgit en coup de vent ; son regard de braise me vrilla les yeux. Je compris qu'il m'avait vu rôder et je lui montrai mon vrai visage d'homme qui a soif. Le pli profond qu'il avait entre les sourcils se détendit. Il me demanda, en arabe :

– Que veux-tu ?

Sa voix était de celles que j'aime, que je connais. Je lui répondis en grec, à tout hasard :

– Je meurs de soif et je n'ai pas le sou.

Il me versa un verre de citronnade. Et pendant que je buvais, faisant durer mon plaisir, il me labourait du regard, franchement, ouvertement, comme je l'aime quand j'aime le laboureur.

Puis, soudain, avec force :

– De quel pays es-tu ? demanda-t-il, en grec.

– De Roumanie.

– Ah ! tu es roumain ! fit-il, ému, me parlant aussitôt dans ma langue maternelle, qu'il connaissait correctement. Mais on voyait qu'il n'était pas roumain.

Séance tenante, je fus soumis à un interrogatoire bref et chaud : interrogatoire d'ami inconnu. Mes réponses, sincères, retentissaient dans un cœur d'homme, je le sentais nettement. À mon tour, je lui demandai s'il pouvait m'indiquer « une occupation qui ne fût pas trop bestiale ». C'est tout.

Le limonadier parut ne m'avoir pas entendu. La pipe à la main, il se tordait la moustache et réfléchissait, absent. Je ne fus pas choqué. J'attendis. Il murmura, pensif, répétant mes paroles :

– Une occupation… qui ne soit pas bestiale… Hum ! C'est vrai ! il y en a qui le sont.

Puis :

– Viens dans le kiosque !

Je le suivis, heureux de voir cette merveille de l'intérieur.

Aucun fouillis. D'ailleurs, dans cet espace pentagonal de quatre mètres carrés, il ne pouvait pas y avoir grand-chose. Je redoutais seulement de trouver cet intérieur de tous les kiosques qui n'est qu'une chambre de débarras.

C'était une cage d'artiste, aussi belle que celui qui l'avait construite.

Un portemanteau, une chaise, un fauteuil et une table surchargée de cartons, de dessins, de tubes de couleurs et de crayons. Dans un coin, je fus étonné de découvrir, somnolent sous la cendre, notre brasier à faire bouillir le café turc. Les ustensiles, félidjanes[1] et ibriks[2], très propres et rangés. Mon hôte se mit aussitôt à les manipuler. Et pendant que l'arôme du bon café me chatouillait les narines, mes yeux, extasiés, glissaient sur les vitraux, dont l'art parfait n'était saisissable que de l'intérieur. Atmosphère où tout se mariait, où tout était passion : lumière, couleur, goût, odeur, et jusqu'au ronron harmonieux du café en train de bouillir.

– Ça te plaît ? me demanda l'ami, en m'offrant café et cigarettes.

– J'aime ce kiosque ! dis-je sans deviner la suite.

– Il est mon œuvre, plan et réalisation. Tout est sorti de mes mains ! ajouta-t-il, simplement.

L'admiration m'étrangla :

– Alors, vous êtes du métier...

– Je ne suis rien de tout ce que tu penses, mais ce n'est pas cela qui t'intéresse en ce moment ! Dis-moi, plutôt, si tu as mangé aujourd'hui.

Je lui dis ce qui en était. Puis, lancé à toute vapeur par ma passion, je vidai mon sac, je l'abreuvai d'enthousiasme amical, me montrai tel que je suis, devant un homme qui m'avait fait sentir ce qu'il était.

Nous étions tous les deux assis. Il buvait goulûment mes paroles, sans m'interrompre – les yeux mi-clos, le visage em-

---

[1] Petites tasses (or. Fandjal)

[2] Verseuses.

pourpré, un faisceau de lumière bleue dansant sur ses mains poilues et presque immobiles.

La nuit tombant, nous nous séparâmes à regret.

*

J'y suis retourné, depuis, fréquemment ! Et aujourd'hui, en pensant à cet homme, ainsi qu'à tant d'autres auxquels j'ai ouvert mon cœur, je me demande par quel miracle mon destin n'a pas fait de moi un perpétuel voyou, un bizarre aventurier, et même un bagnard, tant la chose eût été facile. Je n'ai jamais levé un doigt pour influencer ma destinée, et cependant maintes fois j'ai été à un pas du gouffre.

J'en fus bien plus près en me liant au limonadier d'Héliopolis, que je ne connaissais guère et qui ne me racontait rien de son passé. Mais il me parlait beaucoup du présent. Et ses projets étaient fort de mon goût.

– Tu me plais, Panait, me disait-il. Nous sommes faits de la même pâte. Jamais un homme ne m'a tant ressemblé. Je voudrais vagabonder avec toi, courir le monde !

– Cependant, lui répliquai-je, tu vois combien la vie de vagabond est dure : la moitié du temps on crève de faim, tout en trimant.

– Avec moi, tu ne crèveras pas de faim, et tu ne trimeras pas...

– Voire ! On ne tombe pas partout sur des Héliopolis où on érige des kiosques qui ressemblent à de vraies *tarapanas*.

En parlant de tarapana, je ne savais pas que j'avais mis le doigt au bon endroit de sa cuirasse. Je voulais simplement dire que la limonade marchait bien, qu'il faisait des affaires, ce qui était la vérité.

Mon ami se troubla légèrement et dit :

– Des tarapanas, j'en ai, moi, de toutes sortes... Et bien plus transportables que celle-ci ! Entre autres, je sais faire de ces pipes-là. Tu sais ce que c'est.

– De l'écume de mer.

– N'est-ce pas ? Eh bien, non ; ce n'est que de la sciure de bois. Et ça se vend, dans les ports, comme du pain chaud et à des prix incroyables. Le bénéfice d'une seule pipe vendue te fait vivre une journée, puisqu'elle n'est guère que bénéfice. Et on en vend par vingt et trente dans un cabaret ! Le temps de fumer une cigarette ! Qu'en dis-tu ? N'est-ce pas épatant ?

Je le trouvai, certes, mais... là où il voulait me traîner, c'était trop loin :

– Nous irions dans les Indes, dans le Zanzibar, en Chine, sur les routes des océans.

Je pensais à ma pauvre mère : elle mourrait de chagrin de rester de longues années sans me revoir. Et cependant, Dieu sait combien j'étais fou du désir d'entreprendre de telles randonnées ! Mais, ma mère !...douloureuse attache...peut-être, aussi, mon ange gardien !

Passionné, sincère, désintéressé, il essaya de me convaincre que ma mère serait satisfaite :

– On aura de l'argent...On rentrera dans le pays quand on voudra. Et puis, nous lui enverrons de la galette plus qu'elle n'en aura besoin !

Je le trouvai fantasque et je protestai :

– Ah ! non, mon vieux ! Tu peux vendre du fer au prix de l'or, le vagabond n'a jamais d'argent à la manière du rentier millionnaire. Il ne peut donc ni partir comme il veut ni aider ceux qui souffrent de son absence. On vit...il y a du mauvais et du bon...Jamais de certitude !

Cette question était notre éternel débat. Il voulait que nous partions à l'aventure. Je lui conseillai de garder son kiosque, sa tarapana, dont il se disait déjà dégoûté.

Et après chaque charge, suivie d'une contre-attaque de ma part, il semblait toujours ravaler un argument sans réplique et convaincant, qu'il taisait péniblement. Son visage, alors, se crispait ; ses lèvres se fermaient, impuissantes ; ses yeux flamboyaient. Pendant de longues minutes, silencieux, il mâchonnait les pointes de sa moustache.

– Ah ! vilain ! quand je te dis que nous aurons de la galette ! Nous en aurons ! Et nous ferons ce que bon nous semblera ! Quand je te le dis ! Pourquoi es-tu si têtu ?

Je ne comprenais pas et souffrais de cette réserve qui lui coûtait si cher. N'eût été son grand mépris du lucre, sa grande générosité, sa belle amitié, je lui aurais attribué Dieu sait quelles sournoises intentions, à le voir tant insister pour nous unir dans un départ que je devinais sans lendemain. Mais, de l'honnêteté de cet homme, de sa camaraderie, j'aurais mis ma main au feu. J'en ferais autant, aujourd'hui que je sais tout. Car, un jour, j'ai fini par savoir et lui donner raison.

Nous étions vers le début de juin. Depuis une semaine, je venais chaque jour le remplacer au comptoir. Il quittait le kiosque à midi et ne rentrait qu'à la nuit, pour fermer. Peu après le dîner, nous nous séparions ; lui, couchait à Héliopolis même ; moi, au Caire.

Ce soir-là, la bonne fraîcheur, la pleine lune et l'effrayante solitude nous serrèrent l'un contre l'autre. Héliopolis était pareil à un homme qui succombe sous l'effort accompli. Une masse impuissante, un cimetière, un fouillis encombrant. La douceur du ciel se heurtait à l'hostilité de la terre, enlaidie par l'homme. Tout semblait pitoyable, vain, mort-né : ces bâtiments vides, ces plantations chétives, cette lutte meurtrière pour un bien-être démesuré. Immuables au-dessus de nos têtes, les astres nous

envoyaient, gravement, leur indifférente lumière, pendant que
les chacals aboyaient au loin.

Muets, nous nous promenions en rond autour du kiosque
éclairé. C'était comme le seul être vivant dans ce désert mortel.
Ses images étaient à cette heure plus saisissantes que le jour.
Une tête de Napolitaine riait de toutes ses belles dents. Une
danseuse arabe se pliait comme un serpent. Deux jeunes tau-
reaux se donnaient des coups de cornes.

– Allons nous préparer un café ! dis-je à mon ami.

Nous rentrâmes dans le kiosque.

J'étais comme une chaudière prête à éclater. J'étouffais
d'émotion, de vie intense, d'émotion que rien ne pouvait apai-
ser. Tous mes pores me faisaient mal. Et mon ami se taisait toujours. Il fumait et buvait le café.

Je lui pris la main.

– Eh bien, voilà, nous partirons ! Je te suis où tu voudras...
tant pis...

Il ne broncha pas. Puis :

– Tant pis, dis-tu ? Comment, tant pis ? Enfant... Ce n'est
pas dans des aventures qui peuvent tuer un brave ami et sa
mère que je veux t'entraîner, mais vers une vie libre et joyeuse !

Et disant cela, il bondit sur ses pieds, arpenta l'espace de
son étroite cage, tel un lion, et de nouveau ses mâchoires se con-
tractèrent ; le mot qu'il ne pouvait pas articuler l'étrangla.

Enfin, sa décision prise, ce fut la détente : il tira de sa
poche un carton blanc plié en deux, de la dimension des couver-
tures d'un livre ordinaire, et le posa sur la table. Un sourire na-
vrant flottait sur son visage cuivré. La lèvre inférieure pendait,

lourde. Son corps s'affaissa, comme une masse inerte, dans le fauteuil.

Alors, le carton entre les doigts, je le vis tirer doucement une feuille de papier parchemin, au-dessus duquel tout son être se ramassa, dans une contemplation éperdue.

C'était une bank-note qui n'avait reçu que la première impression. Elle était impeccable, comme ses vitraux, ses pipes, ses sirops, son café – comme tout ce qui sortait de ses mains.

Encore et toujours, je ne comprenais rien. Je regardais par-dessus son épaule. Sans lever la tête, les yeux sur le billet de banque qu'il tenait, tendu, entre le pouce et l'index de chaque main, il me demanda, comme pour la pipe :

– Regarde !…Tu sais ce que c'est ?

– Une bank-note.

– N'est-ce pas ?…Eh bien, non, c'est encore de la…sciure de bois. Seulement, de cette sciure-là, il suffit d'en passer une par mois pour vivre. Vivre, mon vieux, vivre ! appuya-t-il, d'une voix étouffée.

Il se leva lourdement.

Je compris, enfin. Lui, remettant le papier dans sa poche, se tint debout, contre la paroi, les bras pendants, les yeux hagards, et murmura, transfiguré, absent :

– Mais, c'est beau…C'est beau…C'est toute ma vie…

Un long silence suivit ces paroles. Je voyais bien que mon ami n'était plus avec moi. J'étais seul. Il était loin.

– Pourquoi dis-tu : « Mais », du moment que c'est beau ? demandai-je timidement, aussitôt effrayé de ma propre question.

Il revint de son absence, s'agita, alluma une cigarette, les mouvements brisés, et dit, en me regardant étrangement :

– Parce que, lorsque l'on fait cela, on est seul au monde…

Seul…Beauté et solitude…Laideur et solitude…

Comment supporter, seul, toute cette beauté et toute cette laideur ?

Mais on doit être seul : jadis, sur la terre de l'ancienne Turquie, on tranchait au couperet les deux mains de ceux qui étaient amoureux de cette beauté, de cette vie. Le juge, pas plus que le bourreau, ne savait quelles merveilleuses mains il faisait tomber sous la hache.

Je me levai et lui pris les deux mains, que je serrai longuement.

Sa poitrine se gonfla. Son visage demeura immobile. Il ne dit rien. Que pouvais-je dire ?

*

On a remarqué que, durant ce récit, je n'ai pas prononcé le nom de ce…limonadier. C'est exact : jusqu'à la fin de cette soirée-là, je ne l'avais pas su. Je ne le lui avais pas demandé car, dans la vie du vagabond, il faut savoir, aussi, ne pas interroger ; et lui ne me l'avait pas dit.

Mais, ce soir révélateur, la question me brûla les lèvres !

– Sais-tu que je ne connais pas encore ton nom ? lui dis-je gaiement.

Gaiement, et aussitôt il me répondit, à son tour, par une autre demande :

– Sais-tu quel est, dans les plaines de Braïla, le nom du melon qui est un croisé du cantaloup et du melon indigène ?

– Je crois que ça s'appelle : *bakâr*.

– C'est bien cela : bakâr. Et moi, je m'appelle Bakâr. Je suis un bakâr, moi aussi. Comme lui, j'ai une écorce rugueuse...

– Et le parfum du cantaloup...ajoutai-je.

– Peut-être bien. Mais...

Il compléta sa pensée en laissant tomber ses yeux sur ses deux mains tendues comme pour être tranchées. Là-dessus, nous nous séparâmes ; et mon destin décida promptement que je ne devais plus jamais revoir cet homme qui m'était devenu cher et aux côtés duquel une vie nouvelle m'attendait.

Le lendemain, comme d'habitude, avant de prendre le tram pour Héliopolis, je passai à la poste restante. Une lettre décisive m'y attendait ! Un ami m'écrivait que ma mère était sérieusement malade.

J'avais juste le temps de sauter dans le train et d'arriver pour prendre le bateau roumain en partance d'Alexandrie pour Constantza. Je le fis, à grand regret, après avoir écrit deux mots à Bakâr, lui expliquant ce qui se passait à la maison et lui promettant un prompt retour.

Ce retour n'eut lieu que l'hiver suivant, quand, à Héliopolis, il n'y avait plus que le kiosque de Bakâr.

Désolé, sans aucun moyen de retrouver sa piste, j'avais repris ma navrante vie d'éternel chercheur d'hommes, quand, un jour, je tombai sur cette information parue dans un journal du Caire :

« Nous apprenons qu'à Sofia a été arrêté et condamné à cinq ans de travaux forcés un fameux falsificateur de bank-notes international, Gabaret Karaosman, surnommé "Bakâr", que la police anglaise cherchait assidûment et qui a opéré avec beaucoup de hardiesse en Égypte même. »

La réponse de Bakâr me revint, prophétique : « Parce que, lorsqu'on fait cela, on est seul au monde. »

Et pour ne pas être trop seul, mon bon Bakâr, pour que ton âme puisse communier avec une autre âme qui allait l'alléger du poids dont l'alourdissaient la beauté de ton art et la laideur de ta vie, ton âme t'a sûrement poussé à faire aimer, par quelque autre vagabond, la splendeur de certains vitraux, le secret de certaines pipes, et surtout ce papier parcheminé que tu me fis admirer un soir de grande solitude à Héliopolis ; et cet ami, au lieu de t'embrasser les mains, les a livrées au juge qui les coupe à la hache !

Menton, « Les Sapins », 1927.

ENTRE L'AMITIÉ ET UN BUREAU DE TABAC

Mon premier voyage en Égypte eut lieu en 1906 et fut décidé dans les circonstances suivantes : Mikhaïl et moi-même étions tous deux, cet hiver-là, portiers à l'hôtel *Regina* de Constantza, lui, de jour, moi, de nuit. Une dispute fraternelle mais triste, que provoquèrent mes dépenses ruineuses pour notre bourse commune, glaça légèrement nos cœurs. Il me dit :

– Nous allons à l'avenir faire bourse à part. Tu oublies trop la misère qui nous guette à chaque tournant.

Nous fîmes bourse à part. Je fus heureux de pouvoir me ruiner tout seul, mais mon ami fut malheureux à ma place, devint chaque jour plus mélancolique, et un beau matin m'apprit qu'il partait en Égypte sur l'*Imperatul Traïan.*

Je reçus cette nouvelle comme on reçoit une épée dans le ventre. Et le jour même, plaquant *Regina,* je filai à Braïla sans crier gare, arrachai à ma mère les cent francs d'économie qu'elle avait en dépôt chez oncle Anghel et retournai, le surlendemain, à Constantza, pour embrasser Mikhaïl qui s'embarquait dès le début de l'après-midi.

Il fut étonné de ne pas me voir triste.

– Que vas-tu faire ? me demanda-t-il. Pourquoi es-tu allé à Braïla et pourquoi reviens-tu à Constantza ? Tu es fou ! Sache que *Regina* ne te reçoit plus.

Et il se prit à se lamenter sur mon sort : il m'imagina, l'hiver, sans occupation et même sans ami, c'est-à-dire sans lui, qui était mon seul ami. Nous nous trouvions dans sa chambre.

– Laisse-moi fouiller tes poches, fit-il, soudain. Ne me caches-tu pas quelque chose ?

Il me fouilla et ne trouva qu'une dizaine de francs.

– Ne t'es-tu pas fait délivrer un passeport ?

– Non.

– Laisse-moi fouiller dans ta valise !

Résultat négatif. Alors il se mit à regretter son départ sans moi, qui restais abandonné.

– Si tu avais ton passeport, je t'emmènerais tout de suite. Mais il est impossible de débarquer régulièrement à Alexandrie, sans être pourvu de ce maudit papier.

Un passeport roumain coûtait, à cette époque, presque autant que le voyage Constantza-Alexandrie en troisième classe : vingt francs. Le voyage en coûtait trente, sans nourriture.

Mikhaïl me posa de nouveau la même question :

– Que vas-tu faire, maintenant ?

– Je le verrai bien après ton départ.

Il songea longuement, cependant que mon ventre crevait de rire. Au bout d'un moment, il se leva et alla prier le patron de *Regina* de me pardonner mon escapade. Il lui faisait remarquer que le service n'avait pas souffert de ma courte absence, ayant, lui, assumé mon devoir nocturne. Comme on l'avait en grande estime, le patron promit de me reprendre, à condition que j'aille lui faire des excuses.

Je n'y songeais pas. Ma tête était déjà en Égypte. Ah ! la belle surprise que je préparais à mon ami, lorsqu'il me verrait surgir à Alexandrie, malgré mon manque de passeport ! Ç'allait-il être une farce du genre de celle que l'écrevisse joua au renard ? Mais Mikhaïl, qui n'était pas un renard et ne se doutait de rien, restait désespéré :

– Pourquoi ne veux-tu pas faire d'excuses ? Cela ne nous diminue en rien, lorsque nous sommes fautifs.

– Je ne suis pas fautif.

– Vrai ? Alors tu crois pouvoir te permettre dans ton service les lubies que tu te permets à la maison ? Bon ! Débrouille-toi !

Il empoigna ses deux valises et voulut les porter seul. Comme je lui offrais de le conduire au paquebot, il m'en céda une. Nous allâmes, muets, jusqu'au port.

Là, au lieu de monter droit sur le bateau, ainsi que je m'y attendais, il fonça dans un café. Et de nouveau il essaya de me tirer les vers du nez :

– Mais enfin, qu'est-ce que ce mystère ? Tu ne vas pas me faire croire que tu es allé à Braïla simplement pour te payer une partie de plaisir ?

– Certes, non.

– Alors ?

– Alors, voilà : après ton départ, je m'en irai, moi aussi, à l'aventure.

– Où ?

– Peut-être en Égypte, pour te retrouver.

Il fit mine de n'en rien croire, certain que sans mon passeport, cela me serait impossible.

Nous nous séparâmes, fortement émus, lui, de me savoir à la dérive, moi, de penser à la joie du prochain retour sur la terre des pharaons.

J'en avais la certitude.

Avant de partir à Braïla, je m'étais abouché avec un camarade, chauffeur sur l'*Imperatul Traïan* : contre un litre de liqueur d'ananas, que je devais lui payer à Alexandrie, il se chargeait de me débarquer dans cette ville.

– C'est très facile, m'avait-il dit. Les Roumains sont autant navigateurs que tu es pope. Bien plus, les navires appartiennent à l'État, qui bouche tous les déficits. Aussi, depuis le commandant jusqu'au dernier matelot, la contrebande est-elle de rigueur. Chacun opère à sa façon. Quant à pénétrer sans papiers dans Alexandrie, une casquette de l'*Imperatul Traïan* suffit.

C'était convaincant. Toutefois, mon cœur se réduisit aux dimensions d'une puce, quand je me sentis livré à ce premier grand hasard de mon existence : oser affronter le monde, sans argent, sans papiers, sans même avoir payé ma place. On a l'impression que toute la terre est consciente de votre faute, depuis le commandant qui sait bien que vous n'avez pas votre billet, jusqu'à un certain sinistre commissaire de police, qui se prépare, on ne sait ni où ni comment, à vous passer les menottes. Et vous sentez des millions d'yeux qui vous guettent dans l'ombre, vous, pauvre homme seul, prisonnier d'un bateau. Ceux qui vous regardent sont tous des gens bien habillés, qui n'aiment pas la plaisanterie, possèdent des papiers en règle et un peu d'argent mis de côté. Avec le commissaire de police, ils parlent d'égal à égal. Ils ne sont jamais arrêtés et détestent ceux qui le sont. Au surplus, ils aiment, et imposent à tout le monde, l'ordre par eux établi : ne pas vivre autrement que bien habillé, avoir ses passeports en règle et un peu d'argent mis de côté, au prix même de ne jamais connaître d'autre chemin que celui qui va de sa maison au bureau. Mais, bon Dieu ! pourquoi ne serait-il pas permis à certains hommes de voir l'Égypte, si le cœur leur en dit et s'ils sont prêts à tout sacrifier, afin de rejoindre leurs amis qui tout à coup les plaquent ? Où est le crime ?

Je songeais à tout cela, du coin noir, derrière les chaudières, où m'avait caché mon camarade chauffeur. C'était un brave homme qui venait toutes les cinq minutes me demander si je n'étouffais pas.

– Oui, j'étouffe, lui dis-je une fois, mais c'est de peur.

– Peur ? Pourquoi ? Personne ne vient fouiller par ici. Tu peux même, demain matin, aller te promener sur le pont des troisièmes. Si tu as du flair, tu t'y découvriras des compagnons, mais ne lie pas amitié avec eux, ne te trahis pas.

Je n'étais donc pas le seul à voyager en contrebande. Cela me rassura un peu. Néanmoins, je quittai la bottine où j'avais enfoui mes quatre livres sterling et les palpai tendrement, regrettant de ne pas pouvoir les contempler. Cet argent représentait mon seul point d'appui matériel dans ce monde. Mes bras, ma jeunesse, mon amour de la vie et de la terre ne signifiaient rien devant les millions d'yeux qui me guettaient dans l'ombre : on pouvait m'arrêter, me condamner et, du coup, briser ma belle existence, me vouer à l'abjection, me pousser peut-être au vol, au crime même. Tel que j'étais là, sans passeport et sans billet, ma personne ne représentait plus qu'un individu bon pour la prison. Cependant, rien qu'avec la moitié de mon pauvre argent, j'aurais pu avoir et le passeport et le billet, ce qui m'aurait tout de suite mis au rang des gens honnêtes et rendu digne de l'estime du commissaire de police. Par conséquent, ma vie valait deux livres sterling. Cela revient à dire qu'on peut, dans toute circonstance semblable à la mienne, assommer autant de belles vies qu'il s'en trouverait de défaillantes devant une somme de cinquante francs. Mais, en ce cas, mieux vaut-il décréter tout bonnement qu'il est défendu à l'être humain de passer sa vie ailleurs qu'entre sa chambre à coucher et son travail, et voir les trois quarts de l'humanité réduits à la servitude.

C'est exactement d'ailleurs ce que nous voyons. C'est, aussi, ce spectacle de l'existence qui m'avait pris à la gorge dès ma plus tendre jeunesse. À quoi bon une terre si vaste et si attrayante, à quoi bon les immenses désirs de notre cœur, si l'on est obligé de tourner, sa vie durant, à l'intérieur du même kilomètre carré d'espace terrestre ?

Je me souvins, dans ma cachette noire, comment naquit en moi le désir de voir l'Égypte : c'était sur les bancs de l'école primaire, en lisant des histoires bibliques, dont les illustrations en couleurs vives avaient embrasé mon imagination. Et un jour, comme notre maître me félicitait d'avoir lu « avec feu » l'une d'entre elles, je m'écriai aussitôt :

– Monsieur ! moi, je veux voir l'Égypte !

Le professeur sourit, songea (probablement) à ma mère blanchisseuse et répondit, me frottant amicalement le menton :

– Tu veux voir l'Égypte… C'est un peu loin. Et je crois que tu mourras, ainsi que tes descendants, sans l'avoir vue.

Puis, levant les bras au ciel, il ajouta :

– Sauf…

J'étais désespéré, mais ce « sauf » me tranquillisa. Il y avait donc des circonstances où même un fils de simple journalière *pouvait* voir l'Égypte.

Maintenant que le bateau m'y transportait, j'écoutais le bruit des hélices et je me disais presque pieusement :

– Oui : s'il faut faire de la prison, j'en ferai volontiers, chaque fois que je devrai aller en Égypte sans passeport et sans billet. Je demanderai même à un juriste de combien ma peine augmentera après chaque récidive. Car il vaut mieux partager sa vie entre la prison et l'Égypte de ses désirs que la couler tout entière dans la servitude comprise entre son taudis et son travail.

J'ai tenu parole : à partir de ce premier voyage, six années de suite je suis revenu en Égypte. On ne me trouvera pas une seule fois inscrit sur la liste des voyageurs ni sur le registre des passeports. Si je n'ai payé par la prison aucune de ces randonnées, ce n'est dû qu'au hasard qui favorise les amoureux de toute vie exempte d'entraves forgées par la stupide main de l'homme.

*

À l'aube du sixième jour de mon embarquement, une ligne blanchâtre saupoudrée d'or indiqua la silhouette d'Alexandrie à tous les yeux avides de beautés terrestres. Plus rien du froid meurtrier que j'avais laissé à Constantza. Douceur printanière. Ciel bleu. Calme des étendues maritimes.

Cloué à la proue, dès une heure avancée de la nuit, je guettais, fiévreux, qu'apparussent à l'horizon mes images bibliques. Ma peur avait disparu, étranglée par le bonheur envahissant qui menaçait de me faire éclater la poitrine. Sur le pont de commande, deux ombres silencieuses arpentaient l'espace étroit. Je leur chuchotai, lourd de reconnaissance :

– Pourvu que vous ne me tranchiez pas une jambe, vous pouvez m'emprisonner et me battre : je vous baiserai les mains.

Et appuyant mon front brûlant sur la balustrade du navire, je tâchai de retenir le plus possible ce sentiment de gratitude éperdue envers la vie qui me comblait de joie : il n'y a pas de bonheur comparable à celui que vous arrachez à l'existence au prix de risques et de cruels efforts. Tout est joie enviable, de ce que les hommes vous refusent mesquinement. Et toutes les joies sont nobles, toutes vous sont accessibles, si vous les cherchez en plongeant votre main nue dans le brasier de votre destin. La morsure du feu même recule devant l'audace de votre désir, pourvu que vous soyez toujours prêt à accepter d'être mordu par l'impitoyable gardien de toutes les joies terrestres.

Voilà ce qu'aucune école, aucune éducation ne nous enseignent. Voilà, aussi, pourquoi la terre abonde bien plus en lâches qu'en héros. De là : cette existence médiocre, solidement garantie à tous, de la limace humaine jusqu'au fouilleur de constellations.

L'approche d'Alexandrie et les préparatifs d'accostage m'obligèrent à rejoindre ma cachette, d'où je ne devais plus sortir qu'une heure après la fin du débarquement. Que faisait-il, Mikhaïl, là-haut ? Embauché exceptionnellement, comme aide supplémentaire au service de table des premières classes, il troquait son travail contre le voyage. À moi, celui-ci ne me coûtait qu'une bouteille de liqueur. Mais tandis que Mikhaïl était sûr de pouvoir quitter le bateau en sifflotant un petit air, moi, je me préparais à le suivre en claquant des dents.

Il n'en fut cependant rien, quant à ma crainte. Bien mieux, je descendis avant lui, affublé d'un béret de matelot et aux côtés de mon brave chauffeur, qui, pour plus de prudence, portait ma valise. Sur le quai, la joie de mes vingt-deux ans en terre égyptienne que je foulais me poussa à sauter au cou de mon compagnon.

— Tu es si content ? me dit-il.

— Content, non, mais fou de bonheur !

— Alors tu penses qu'ici les chiens mêmes portent un gâteau suspendu au bout de leur queue !

— Je ne pense à aucune espèce de gâteau, dis-je en m'arrêtant. Je pense à l'Égypte et à mon ami qui va descendre de notre bateau.

Le chauffeur se fâcha :

– Je t'avais dit de ne pas lier d'amitiés pendant le voyage ! Tu as sûrement tout raconté à quelque voyou !

Je lui expliquai ce dont il était question. Il n'en voulut rien croire.

– Attends un peu et tu t'en convaincras, lui dis-je.

– Je n'attends rien, s'écria-t-il méchamment. Je ne veux pas que ceux du bateau sachent ce que j'ai fait. Voici ta valise, paie-moi la bouteille d'ananas !

Je lui payai deux « bouteilles d'ananas », et il s'en fut en se promettant de « bien regarder à l'avenir, avant de se frotter à des voyous » comme moi. Ce stupide malentendu m'affligea, car le chauffeur était un excellent camarade, quoique un peu sot.

Je m'étais assis sur ma valise et allumais une cigarette, quand Mikhaïl arriva, tout courbé sous le fardeau de son bagage. Je me plantai sur son chemin. Il me vit, laissa tomber ses deux valises, se frappa les joues et vint me saisir à bras-le-corps :

– Je rêve ! Je rêve ! s'exclama-t-il. Comment as-tu fait ? Tu es un diable ! Mais c'est bien : j'avais un grand remords de t'avoir laissé à Constantza. Maintenant, tu as pris ton vol. C'est ton destin.

J'étais comme ivre. Rien de tel, pour la santé de l'âme, que de se jeter ainsi, confiant, dans le gouffre de l'inconnu, un inconnu qui vous appelle d'une voix irrésistible. Certes, on peut périr. Mais si on vit, rien de mesquin n'aura humilié votre existence : tout est héroïsme dans la vie d'un homme qui affronte la terre, deux mains vides pour toute fortune et un cœur généreux pour la garantir contre l'avilissante quiétude.

*

Nous ne nous arrêtâmes pas à Alexandrie. Nous ne fîmes que traverser la ville, du port droit à la gare où nous prîmes le train pour Le Caire. Mikhaïl avait une recommandation qui lui faisait espérer une place de portier à l'hôtel *Royal,* dont la patronne, une Russe, cherchait un homme de sa nationalité. Mon ami fut promptement agréé. Et deux mois durant, il put dire qu'il ne connaissait de l'Égypte que le chemin qui va du débarcadère d'Alexandrie directement à l'hôtel *Royal* du Caire.

Ce fut un vrai bagne, pour lui. Il le supporta, néanmoins, terrorisé par le spectre de la misère dont il n'avait que trop goûté. Quant à moi, je fis du colportage et de la peinture en bâtiment. Les jours où j'étais libre, je m'ennuyais, ne pouvant jouir d'aucune splendeur si je n'étais en compagnie de Mikhaïl ; nous étions depuis cinq ans amis inséparables.

Mais la claustration de Mikhaïl pouvait s'éterniser. Il est féroce, le souvenir de la faim prolongée pendant des semaines et même des mois, lorsqu'un morceau de pain vous semble un événement. Le manque de toit et la vermine, qui font cortège à la faim, sont un cauchemar aussi impitoyable. Et à moins d'être une brute qu'aucun animal ne saurait égaler, l'homme qui a connu cette dégradation-là contracte une peur mortelle et fait de son mieux pour éloigner le retour d'une telle existence. Hélas ! Il y a un ennemi plus fort que toutes les peurs : c'est l'impossibilité, pour le vagabond, de s'adapter à une situation ; c'est son incapacité totale de persévérer à améliorer sa vie ; c'est surtout son monstrueux « cafard », qui le travaille jour et nuit, simplement parce qu'il a trop vu les mêmes visages, les mêmes murs et les mêmes rues.

Les vagabonds, qu'ils soient des hommes supérieurs ou des imbéciles, sont tous frères par ce côté identique de leur tempérament.

Mikhaïl ne faisait pas exception. Il nous arrivait fréquemment de nous embaucher comme domestiques dans le même hôtel : ç'avait été le cas de *Regina* à Constantza, celui d'*English* à Bucarest, celui de *Popesco* à Lacou-Sarat (près de Braïla). Et plus d'une fois, n'osant pas m'avouer sa débâcle morale, il se contentait d'aiguillonner la mienne, me parlant de rives inconnues et faisant des projets magnifiques de départs. Il ne m'en fallait pas davantage :

– Partons tout de suite !

– Mais, arguait-il, regarde comme nous sommes bien ici. Il ne nous manque rien.

En effet, il ne nous manquait rien, sauf ce que nous désirions : un prompt départ. Il faut convenir aussi que l'état de domestique, qui fut souvent le nôtre, a ce déplorable désavantage de trop emmurer l'être humain. À l'époque surtout, le domestique qui obtenait une heure de liberté par semaine pouvait se considérer comme heureux. Le logement et la nourriture étaient généralement une abjection. Quant au travail, il durait de six heures du matin à minuit. Une semblable existence ne peut faire de l'homme normal qu'un abruti. Du vagabond, elle fait un hors-la-loi.

Ce ne fut pas le cas du tendre Mikhaïl, songeur sentimental, ami des lettres supérieures, historien presque érudit, homme bon, nature timide, conscience d'une probité absolue. Mais il ne fallait pas trop mettre sa patience à l'épreuve. Si cela arrivait, on ne pouvait plus compter sur lui.

C'est ce qu'il advint au *Royal*. Et il quitta sa place séance tenante, en payant les huit jours qu'on doit obligatoirement. (Ces fameux « huit jours » du misérable domestique sont, eux aussi, toute une histoire, tout un poème, toute une tragédie, mais qui a le temps d'écouter l'histoire, le poème, la tragédie d'un tel domestique ?)

Un soir, rentrant de mon travail, je trouvai Mikhaïl au café Goldenberg du Darb el-Barabra, quartier général roumain juif et juif espagnol de tous les pouilleux du Caire. Je m'arrêtais là, chaque soir, pendant une heure ou deux, avant d'aller dans une ruelle voisine reprendre pour la durée de la nuit mon héroïque combat avec les immortelles punaises. Là s'arrêtaient tous ceux qui redoutaient le même combat : hommes aux visages hâves, aux yeux fripons, aux bras inutiles, à la démarche déséquilibrée par la souffrance et coupables uniquement de s'être laissé vaincre par leur prochain, l'homme d'ordre. Cela détonnait, rien que de voir la lumineuse figure de Mikhaïl mêlée aux grimaces de ces tristes vaincus. Assis à une table au fond de la taverne, il plongeait fixement son regard intelligent dans cet amalgame de misère, semblant consulter ainsi son propre destin pour ses jours à venir.

Je sus promptement ce qu'il faisait là : il faisait la paix avec lui-même. La destinée du vagabond est totalement contraire à celle que la création octroie au commun des mortels. À ceux-ci, une loi impérieuse développe l'instinct de conservation au point de leur faire renoncer à toute contemplation de l'existence : ils ne vivent qu'en brûlant la vie, toujours prêts à sacrifier le jour même au lendemain. De là, une lutte âpre qui ne prend fin qu'avec la mort : c'est la faillite de l'homme, Dieu sait dans quel but.

Par contre, chez le vagabond, une loi tout aussi impérieuse affaiblit son instinct de conservation jusqu'à lui rendre acceptable la pire incertitude du lendemain, jusqu'à lui faire regarder de sang-froid la menace de sa propre destruction, mais lui offre en compensation la joie de pouvoir s'attendrir sur toutes les minutes qui remplissent l'une de ses journées. C'est ce qui l'oblige à abandonner tout combat égoïste avec lui-même : de là, une vie pleinement vécue, si par *vie* on veut bien entendre *le culte de nos désirs*.

Mikhaïl, sacrifiant tout son temps à économiser vingt francs par mois, était un homme anéanti. Autre visage, autre caractère, autre mentalité, dont rien ne lui appartenait plus en propre, Mikhaïl, lançant un défi à sa misère, était une rare individualité. Toutes les valeurs de l'existence vibraient en lui. Chaque heure passée en sa compagnie était un flot de joie spirituelle. La faim, le manque d'abri, le manque de toute hygiène physique ne diminuaient en rien la richesse de sa vitalité. Bien mieux, plus l'adversité s'acharnait contre lui, et plus il lui opposait son amour de la vie. Nos disputes ne se produisaient jamais pendant le vagabondage, mais lors de notre domesticité, quand il n'était plus le même homme.

C'est pourquoi, le trouvant dans Darb el-Barabra, je compris à son calme lumineux que ce n'était guère qu'à partir de cet instant que nous allions vivre nos jours de libre Égypte. Ah ! la coûteuse liberté de deux amis, seuls au monde, se retrouvant dans les rues d'une ville cosmopolite, fraternellement unis sous la menace du même sort : qui la chantera jamais ? Peut-on espérer qu'un jour viendra où hommage sera rendu à l'homme qui méprise toute acquisition, tout étalage de bien-être matériel, et qui estime la grandeur de l'existence et les beautés terrestres au point d'être prêt à mourir pour elles ?

Le vagabond est l'homme civilisé de l'existence absolue. Si nous personnifions cette existence, si nous la représentons sous l'aspect d'un somptueux équipage qui galope follement sur les routes de l'univers, les vagabonds en sont les crieurs à pied qui font cortège et tombent morts en lui chantant gloire. C'est ce que j'entends par civilisation. Les humains ordinaires, broyés par lui, encombrent sa route d'horribles télégas. Ce sont les perturbateurs de l'existence. Voulant l'approcher ils ne font que diminuer sa splendeur et sombrer ignominieusement sous ses sabots, avant même de l'avoir aperçue.

*

Nous fûmes, une semaine durant, les crieurs enthousiastes de cet équipage qui roulait son faste sur la belle terre égyptienne. Puis nous perdîmes le souffle et il nous échappa. Pour le rattraper, Mikhaïl élabora un plan audacieux :

– Nous irons en Abyssinie, dit-il.

– En Abyssinie ! m'écriai-je. Partons tout de suite !

– Ce sera dès que je t'aurai trouvé un passeport.

Dieu, que les hommes rendent la vie prosaïque ! Quel rapport y a-t-il entre un joyeux départ en Abyssinie et un triste passeport ? Voilà ce que je n'arrive pas à comprendre aujourd'hui encore.

– Et comment pourras-tu me trouver un passeport ?

– Moyennant une livre sterling.

Ce fut fait en moins d'une heure : je devins humble sujet de sa Majesté le tsar de toutes les Russies, né à Kitchinev. Tout comme Mikhaïl Mikhaïlovitch Kazansky, je m'appelai Alexandre Alexandrovitch Bessrabsky. L'aimable fabricant de passeports nous dit au surplus de « ne nous présenter avec celui-ci devant aucune autorité consulaire russe d'Égypte ; c'est plus prudent ». Merci pour le conseil.

Maintenant j'étais curieux de savoir comment Mikhaïl envisageait nos moyens d'existence en Abyssinie. Bien simplement : nous allions être des marchands ambulants de verroterie, dans certaines contrées peu fréquentées de ce pays où, prétendait-on, l'indigène vous cède son ivoire contre une poignée de faux rubis. C'était parfait. Je me voyais déjà accablé par tant de précieuses défenses que j'en abandonnais une partie en route.

Nous allâmes nous enquérir des prix de la verroterie. Nous perdîmes trois jours sans avoir rien acheté. Celle qui était maîtresse de l'industrie de cet article, avant la guerre, c'était l'Allemagne ; mais comme il nous était impossible d'en commander directement, parce que pressés, il nous fallait prendre ce qui se trouvait sur place, payer cher et n'acquérir que d'ignobles cailloutis. Enfin, après avoir bouleversé tout Le Caire,

nous dénichâmes un sombre personnage balzacien, qu'on disait
« vieil aventurier » grec, aujourd'hui retraité misanthrope,
rhumatisant reclus dans sa chambre et brave honnête homme
par-dessus tout. Il nous retint plus d'un quart d'heure sur le
seuil de sa porte, avant de nous permettre d'entrer, puis, petit à
petit, son visage bourru s'éclaira à la flamme de nos illusions
abyssiniennes. Il nous fit prendre place, apporta de l'eau-de-vie,
nous questionna en connaisseur et finit par reconnaître en nous
sa propre image de jadis, c'est-à-dire deux fous. Mais sachant,
comme nul autre, combien notre folie était définitive et chère à
nos cœurs, il n'essaya point de démolir notre projet. Il nous re-
mit son stock de verroterie, une dizaine de kilos de superbe
marchandise dont la grande variété nous éblouit, et ne voulut,
malgré nos protestations, accepter le moindre payement. Il nous
l'offrait à crédit :

– Vous me la payerez, nous dit-il, quand vous aurez vendu
votre ivoire abyssinien.

Nous le quittâmes confus et passablement songeurs. Sous
le souffle expert de ce maître vagabond, nos rêves se trouvaient
un peu désemparés. Ses yeux, à la fois bons et cruels, me pour-
suivaient comme un avertissement redoutable. Je n'avais aucune raison de lui en vouloir, non seulement eu égard à sa générosité, mais aussi parce que tout son être semblait compatir à
notre sort ; et cependant, une angoisse invincible me poussait à
le maudire. Sa vue nous avait été malfaisante.

Mikhaïl se tut, durant la demi-heure que nous mîmes à
descendre la tumultueuse Mousky. Ce n'est que dans notre taudis qu'il me demanda : – Que penses-tu de cet homme ?

– Je pense qu'il nous a reçus et traités avec ses affectueux
rhumatismes.

– Très bien dit ! Mais c'est tout ?

– Je crois que c'est tout.

– Non. Il y a le reste : quelque chose de plus profond et de plus général, qui nous concerne, toi et moi.

Je braquai l'oreille. Au diable la verroterie, l'Abyssinie et tout l'ivoire du monde : c'est tout de suite que j'allais faire un de mes plus beaux voyages, dans l'âme de mon Mikhaïl. Car je voyais cet unique ami de mes jours ployer sous le fardeau de dures et de joyeuses pensées, son visage baignant dans la lumière de l'astre que seuls connaissent les amoureux de la vie féroce.

Assis sur notre grabat, Mikhaïl roula voluptueusement une cigarette, les coudes appuyés sur ses genoux. Je roulai la mienne. Lorsqu'il eut aspiré une première bouffée, il leva la tête, beau et triste et gai comme lui seul pouvait l'être à la fois.

Ses yeux éclatants, ses narines frémissantes, les coins tendres et douloureusement ironiques de sa bouche, son immense front calme me communiquaient déjà, avant ses paroles, une partie de ce régal cuisant qu'étaient pour moi toutes ses interprétations, ou commentaires, de notre héroïque existence, si riche d'aspects contradictoires.

– Oui, dit Mikhaïl, le regard au loin ; ce vieux n'a pas que des rhumatismes et de l'affection, il a aussi une expérience de la vie qui n'est pas celle de tous les hommes, une expérience qu'il a érigée en philosophie personnelle. Il n'est pas vrai, ainsi qu'on nous l'a dit, qu'il ait couru l'aventure, mais bien le vagabondage, ce qui est tout à fait différent. L'aventurier veut et peut faire fortune. Le vagabond ne le veut et ne le peut. Si l'occasion se présente, le premier, seul, est capable d'exploiter l'homme, de le rouler et même de commettre une infamie. Le second en est totalement incapable. Aussi, quand le vagabond est doué d'une intelligence féconde, la philosophie qu'il tire de l'expérience de sa vie est toujours digne d'estime. Pourtant, il faut s'en méfier.

» Ce que nous appelons vulgairement une *philosophie* prétend nous servir de guide perspicace dans toutes les circonstances de notre vie. Comme s'il y avait une règle de vie commune à tous les êtres humains. Si règle de vie il y a, elle ne concerne que les humains qui veulent traverser l'existence à la manière du chat obligé de sauter par-dessus une mare. C'est ainsi que nos plus tendres parents, prenant l'existence pour une mare, nous prennent, nous, pour des chatons et eux-mêmes pour des philosophes, parce qu'ils ont eu raison de la mare. Ils n'ont pas toujours tort, mais tout dépend de ce que la chatte a mis au monde. Et on a vu des chattes humaines qui ont enfanté des dragons. À qui faut-il en vouloir ? À personne, bien entendu. À qui en veut-on, lorsqu'il ne pleut pas à temps ?

» Voilà une anarchie divine à laquelle tous les parents, malgré leur amour, devraient se résigner philosophiquement. C'est ce qu'ils ne font pas. Et quand ils le peuvent, ils coupent les ailes de leur petit dragon, lui rognent les griffes, lui épointent les dents, le mutilent de leur mieux, pour le réduire aux aptitudes du chaton. De là, la caricature d'humanité que nous avons sous les yeux, où tout est confection, des chaussures à la « philosophie ».

» Mais le vagabond, qui manque de chaussures, n'a pas davantage la philosophie de cette humanité. Est-ce à dire que la sagesse dont il se pare dans ses vieux jours doive s'étendre à tous ses frères en vagabondage ? Non, mille fois non, même s'il est doué d'une intelligence féconde. Néanmoins, le fait qu'il a eu une vaste vision de la vie et qu'il a surhumainement payé de sa personne pour l'avoir lui donne quelques titres à notre estime. C'est le cas de l'homme que nous venons de voir. Et c'est extrêmement intéressant :

» Cet homme est arrivé à cette conclusion que l'existence est une marâtre même pour ceux qui se fient sans réserve à sa bave incandescente. Comment, marâtre ? Très simplement : elle ne nous *remplit* que pour mieux nous *vider*. Cela n'a pas beaucoup de rapport avec les *rhumatismes,* mais beaucoup avec l'affection. Or, le pauvre vieux est justement un affectueux. Il a aimé son existence au point de s'en faire un but. Elle l'est ou peut l'être, à condition de la regarder d'abord comme un moyen.

» Est-ce que le rire, les pleurs sont des buts ? Personne n'y songe. Ils sont des moyens qui vous permettent de passer à autre chose, tout comme le sommeil et la veille. L'existence aussi est un moyen, un très long moyen, qui nous permet de passer à quelque chose qu'on appelle Néant. Mais que savons-nous du Néant ?

» Cette caractéristique de l'existence, le vieux vagabond ne l'a pas comprise. Il n'a même pas cherché à rien y comprendre ; il n'a fait qu'aimer. C'est une grave erreur, qui peut conduire à la mort de l'âme. Comment demander à une pomme de rester à l'infini ce qu'elle est sur l'arbre ? Et quand elle le ferait, en serions-nous plus avancés ? À ce titre-là, tout croule. C'est pourquoi l'idée du paradis et de l'enfer est la plus grande niaiserie que l'esprit religieux ait pu inventer. L'éternité n'existe que dans l'infini des choses.

» Nous devons donc nous agripper à ces choses qui passent, en faire notre pâture et ne pas leur demander des comptes lorsque nous nous apercevons que ce sont elles qui nous dévorent. Tout arrêt dans cette soif d'action signifie notre perte.

» Prenons l'exemple de notre sujet abyssinien. Connaissant l'aboutissement nul de ses innombrables projets, réussis ou non, le vieux souffrait à l'idée du vide de l'existence la plus triomphale de tout vagabond. Il se disait encore que nous aurons peut-être de l'ivoire quand il aura, lui, deux autres jambes. Et il nous plaignait dans son bon cœur.

» Naturellement, notre projet est insensé. Mais qu'est-ce que cela veut dire : *sensé ?* Est-ce avoir mille esclaves à ses ordres et une mentalité de brute ? Pour juger de la réponse, il faut regarder qui répond : le chat ou le dragon ? Tout est là.

» Aussi, conclut Mikhaïl, étant des dragons, nous irons en Abyssinie.

*

Nous ne partîmes pas immédiatement. Les « dragons » que nous étions durent, pendant trois bonnes journées, s'appliquer à mettre en valeur l'amas de six kilos de verroterie sur lesquels nous fondions tous nos rêves abyssiniens. Grignotant des noix et fumant comme des Turcs, nous ne quittâmes plus notre chambre qu'après avoir donné des formes séduisantes à ce tas de pierres multicolores : saphir, émeraude, rubis, corail, ambre, améthyste, opale et autres riens s'entremêlèrent judicieusement pour faire des colliers, des bracelets, des broches, des pendentifs, des bagues, des médaillons, des boucles d'oreilles, dont la fourniture accessoire nous ruina.

Quand tout fut terminé et bien rangé dans une caisse spéciale, notre joie n'eut plus de limites. Une vie nouvelle s'ouvrait devant nous, une vie de liberté totale. Mikhaïl en envisageait l'heureuse conséquence :

– L'ivoire vendu, nous achèterons deux fusils et nous vivrons de notre chasse, comme des sauvages. Sais-tu tirer ?

– Non.

– Je t'apprendrai.

– Il ne faut pas m'apprendre à tirer sur des tigres ! remarquai-je, et tout de suite je proposai à mon compagnon de chasse d'aller ensemble fêter quelque part notre prochaine vie d'hommes libres.

Il en convint. C'est la moindre des choses, pour de vrais vagabonds, d'être toujours prêts à fêter un rêve. Mais après la petite fête que nous nous payâmes à la *Brasserie des Familles,* Mikhaïl se livra à un calcul approximatif de nos dépenses futures et découvrit que notre voyage était bien compromis. Ah !

bah ! Doit-on nécessairement se pourvoir d'un billet plein tarif, lorsqu'on veut aller en Abyssinie ? Ne peut-on plus voyager en contrebande ? Alors, pourquoi est-on vagabond ?

Cette courageuse réflexion réconforta nos cœurs, durant un jour, temps qu'il nous fallut pour courir les marchands d'ivoire, nous enquérir des prix de cet article et collectionner des adresses. Puis, au moment de donner le signal du départ, Mikhaïl avoua ses troublantes inquiétudes :

– Que ferons-nous à Port-Saïd, si aucun navire ne veut de nos bras et s'il n'y a pas moyen de passer en contrebande ?

Je ne trouvai pas de réponse satisfaisante. Et nous voici tous deux, la tête entre les mains, à nous morfondre, quand une idée géniale me foudroya le cerveau :

– Mikhaïl ! J'ai oublié de te dire que j'ai à Alexandrie un oncle millionnaire !

Le bon Mikhaïl leva lourdement la tête et me regarda avec commisération.

– Oui, oui ! Tu peux me croire. C'est ma mère qui me l'a dit : « Un frère ou cousin de ton père ; il a vécu dans notre maison, a assisté à ton baptême et s'est expatrié en *Eghipett*, à Alexandrie, où il a fait fortune. Tu peux le chercher, il est très connu. Son nom est *Vanghélis*. Et sache que ton père l'avait beaucoup aidé. Qu'il t'aide, lui aussi. »

Devant ces précisions, mon ami abandonna son air miséricordieux, sachant bien à quel point ma mère était sérieuse dans ses actions et ses propos :

– Comment ne t'en es-tu pas souvenu, alors que nous étions à Alexandrie ?

– C'est la hâte d'arriver promptement au *Royal* qui m'avait fait perdre la tête. Mais qui nous empêche d'aller tout de suite tenter notre chance ? Et d'Alexandrie, nous irons à Port-Saïd par le bateau.

Une minute de réflexion et :

– Allons-y, dit Mikhaïl. Noyés pour noyés !

Nous sautâmes sur nos valises : en route !

Ce soir-là, traversant Le Caire en voiture, nous écoutâmes, muets, les clameurs de ses rues bondées de miséreux allègres, de cocottes joyeuses, de soldatesque ivre, de touristes bavards, de marchands ambulants aux cris pleins de tristesse, et nous fîmes nos amicaux adieux à cette ville, la première dans notre existence, dont le généreux soleil nous réchauffa, en plein hiver, sans nous affamer.

Nuit de vacarme et de fumée puante, passée dans un train bondé de fellahs. Impossible de bouger : le volume de chaque individu était doublé par celui du sac qui l'accompagnait. Ainsi, l'intérieur du wagon semblait un funèbre camion de déménagement chargé pêle-mêle de corps humains et de marchandises, d'où s'échappaient toutes les odeurs et tous les bruits, celles-là plus insupportables que ceux-ci.

C'était une population paysanne que je voyais pour la première fois, mais le spectacle de la misère et de la souffrance qu'elle offrait à mes yeux, je ne peux le comparer à rien de tout ce que, depuis, j'ai vu de semblable. Il y avait dans notre voiture un nombre incroyable d'aveugles aux orbites hideuses, vidées par le trachome. La moitié des autres voyageurs étaient touchés de la même maladie et ne voyaient plus qu'à grand-peine. À tout instant, ils s'essuyaient les yeux avec le dos de la main, ou avec leurs manches crasseuses. Des mères, qui avaient leurs enfants près d'elles ou leur donnaient le sein, changeaient de doigt pour les passer l'un après l'autre, tantôt sur leurs yeux purulents, tantôt sur ceux d'un bébé à demi aveugle.

Nous en étions épouvantés. Et pensant nous trouver dans une voiture destinée à des infirmes, nous essayâmes de nous réfugier dans une autre, mais tout le train était pareil à notre voiture : grand convoi de bestiaux humains, loqueteux, sales et voués aux ténèbres. Ce furent sept heures de cauchemar, quand nous comprîmes qu'en Égypte, la misère ne doit voyager que la nuit.

*

Dans la vie de vagabond, tout n'est pas rêve trompeur. Il y a aussi de grosses surprises agréables qu'hélas, le vagabond s'empresse de transformer lui-même en de terribles revers. Quoi qu'il en soit, il ne faut pas s'attendre, en dépit de toute invraisemblance, que mon oncle millionnaire d'Alexandrie ne fût qu'une invention. Il existait. Et nous n'en fûmes pas autrement étonnés. Le vagabond ne s'étonne de rien.

Ce qu'il y eut de vraiment incroyable, ce fut la prompte découverte de cet oncle : allez chercher Vanghélis dans tout Alexandrie ! Eh bien, nous ne le cherchâmes point, ce fut lui qui vint à nous, voici comment.

À la gare, nous prîmes une voiture et demandâmes à l'*harabaki*[3] de nous conduire à « un hôtel très bon marché ». C'est là que l'esprit de quelque divinité qui protège les vagabonds intervint d'une manière miraculeuse : le cocher nous déposa à l'hôtel *Saint-Georges,* rue Hammamil. Une chambre à deux lits, n'ayant que fort peu de punaises, coûtait un shilling. Nous y jetâmes nos effets et descendîmes.

Dans la rue, que faire ? Quelle direction prendre ? Nous fûmes un bon moment à nous le demander, devant l'entrée de notre hôtel. Pour pouvoir réfléchir plus aisément, nous allâmes

----

[3] Cocher de fiacre.

nous asseoir à une table du *Grand Café de Grèce,* juste vis-à-vis. C'était un bel établissement de second ordre. À la terrasse, un tas de désœuvrés, en majorité grecs. Le pardessus jeté sur les épaules, le regard songeur, la moustache en vrille, ils avaient des attitudes confectionnées à l'intention des femmes légères. Nous les prîmes en horreur. Mais le café était exquis, et les beaux narguilés nous tentaient irrésistiblement. J'osai demander à Mikhaïl si nous pouvions nous en offrir.

– Est-ce que tu as déjà trouvé ton oncle ? fit-il ironiquement. Ici, deux narguilés coûtent la moitié d'un de nos repas.

Cette observation faite, il commanda deux narguilés. Le garçon qui nous servait comprit que nous étions fraîchement venus et nous questionna familièrement sur notre origine. Nous ne la lui cachâmes pas. Puis, à mon tour, je lui demandai s'il ne connaissait pas « un Grec riche qui s'appelle Vanghélis ».

– C'est peut-être Vanghélis Ghéorghitsis, répondit-il.

– Je ne sais pas s'il se nomme Ghéorghitsis. Je ne connais que son prénom.

– Alors, c'est difficile. Des Vanghélis, il y en a mille. Ghéorghitsis, il n'y en a qu'un.

– Et qui est-il ?

– C'est lui qui fonda ce café, il y a vingt années. Il est aujourd'hui propriétaire du *Club Oriental,* place Mohammed-Ali.

– Est-il riche ?

Le garçon sourit, l'air méprisant :

– Il peut mettre sur un plateau de la balance son or ; dans l'autre plateau, quatre comme vous, et vous vous trouverez, tous, trop légers pour le poids de sa fortune !

– Sapristi ! Et pouvez-vous me dire si cet homme a aussi un peu de cœur, à côté de tant d'or ?

Le domestique jeta un coup d'œil à la ronde, se pencha à mon oreille, et dit, tout bas :

– Il entretient pas mal de voyous, ses neveux, dont trois se trouvent autour de vous, sur cette terrasse.

Mikhaïl me fit signe de ne plus parler. Peu après, nous nous dirigions nonchalamment vers le *Club Oriental* de la place Mohammed-Ali.

C'était le matin. Le club n'ouvrait que le soir. Quant à son propriétaire, il n'y descendait que très tard, vers les neuf ou dix heures, et pas tous les jours, car il était fort âgé. Mais son fils le représentait en permanence.

Je ne voulais pas du fils. C'était le vieux qu'il me fallait, celui dont je ne doutais pas qu'il fût mon oncle.

À neuf heures et demie, je montais le riche escalier de la maison. Au premier, une lourde draperie de velours rouge masquait l'entrée du club. Deux cerbères arabes en livrée impeccable se tenaient rigides devant la draperie. Je leur remis mon nom inscrit sur un bout de papier présentable.

Quelques minutes terriblement angoissantes, et voilà un géant dans la quarantaine qui apparaît, m'examine un instant, et m'interroge en grec, d'une voix assez aimable :

– Je suis tel, fils de tel et neveu de l'oncle Vanghélis. J'arrive de Roumanie.

L'homme se montra stupéfait. Il me considéra longuement, avec bienveillance, puis :

– Attendez une minute !

Et il disparut.

J'attendis un bon moment. Enfin, le géant reparut :

– Excusez, dit-il, mon père sait de qui vous parlez, mais il ne reconnaît pas le prénom que vous m'avez donné. N'en avez-vous pas un autre ?

– Si : *Ghérasimos,* prénom de baptême.

– Ah bon ! Entrez.

Ça y est, j'ai fait mon coup ! me dis-je, suivant mon…cousin.

Luxueux vestibule. Grande salle. Lumière aveuglante. Domestiques silencieux. Puis une porte qui s'ouvre sur un somptueux salon, et je me trouve devant un vénérable patriarche assis dans un fauteuil. Je lui baise la main, fortement ému par sa figure calme encadrée d'une belle barbe blanche. Il porte une casquette d'intérieur. Ses doigts égrènent les boules d'ambre d'un *colomboï*[4].

Après m'avoir fait prendre place à sa droite, il me dit, un peu de biais, plongeant dans mes yeux un regard scrutateur :

– Alors, tu es le fils de Zoïtza ? Vit-elle, ta mère ?

– Elle vit toujours, oncle Vanghélis.

– Et les frères Anghel, Dimitri, la sœur Antonia ?

– Oncle Anghel est très malade. Les autres vont bien.

– Raconte-moi quelque chose d'Anghel ! Voilà un homme que j'ai beaucoup aimé !

Ce disant, il claqua des mains. Un valet entra :

____

[4] Chapelet.

– Deux cafés !

Je racontai avec passion, oubliant l'homme riche. Je ne voyais plus qu'un grand vieillard qui, à la flamme de ses lointains souvenirs ressuscites en ma présence, s'emballait comme un gamin. Tout ce que son visage avait de distinction rigide fit promptement place à un attendrissement gaillard. Parfois, l'émotion le prenait à la gorge. Il eut même des larmes, au moment où le fil de mon récit arriva à la tragique agonie de l'oncle Anghel qui se débattait avec la mort depuis plus d'une année.

Ainsi, il m'identifia et me combla de caresses.

– Mais, dit-il, pourquoi ne t'appelles-tu pas *Ghérasimos ?*

– Ce prénom est resté dans le registre de naissance. Personne ne m'a appelé Ghérasimos.

– Et puis, il faut que tu portes le nom de ton père : *Valsamis,* et tu dois prendre la nationalité grecque. Montre-moi ton passeport.

– Je n'en ai pas.

Je lui montrai mon « bulletin de baptême » et le certificat de dispense du service militaire. Il les trouva en règle :

– Bon ! Dis-moi maintenant ce que tu es venu faire en Égypte.

– Travailler de mes mains, comme en Roumanie, et connaître en même temps cette belle partie de la terre.

Le vieux fit une moue de désapprobation :

– Non ! Il y a mieux. Et là, je t'aiderai. Si tu m'obéis.

Puis, d'un ton plaisant :

– Comment va-t-elle, la petite bourse ?

Sans attendre ma réponse, il introduisit deux doigts dans ma poche de gilet et me glissa un petit rouleau de livres sterling. Je l'en remerciai. Il se leva, me prit le bras et me conduisit dans la salle de jeu où, autour d'une grande table verte, de beaux messieurs se tenaient comme des sphinx, chacun un tas d'or devant lui.

– Tu vois, me dit doucement le vieux, jouer soi-même, c'est très mal, mais faire jouer les autres, c'est très bien.

Et sortant dans le vestibule, il m'embrassa, sous les yeux des valets au garde-à-vous :

– *Au revoir,* Ghérasime, murmura-t-il, en français.

*

Je suis parti, ivre de vie tumultueuse. Quelle vie ? Je voudrais le préciser ici. Je me souviens que, dans la rue, au lieu d'aller vite rejoindre Mikhaïl, qui m'attendait à l'hôtel, j'ai tourné le dos à l'éblouissante place Mohammed-Ali et me suis dirigé droit vers la mer. J'avais besoin d'une minute de recueillement.

Il ne restait en moi plus rien de l'homme qui était venu pour « taper » un oncle « millionnaire ». Ça ne m'intéressait plus qu'il fût ou non millionnaire. Je n'eus même pas la curiosité de voir combien de livres il m'avait glissées. Des sentiments bien plus puissants grondaient en moi.

D'abord, un homme de la trempe que j'aime ; un fort, doublé de tendresse. L'argent ne l'avait pas démoli. Belle race des hommes qui vibrent, jusque dans leur grande vieillesse, sous l'impulsion d'un cœur toujours prompt à s'émouvoir de la grandeur de l'existence. Il m'avait raconté, à moi l'inconnu, ses années de misère, ses rêves de haïdouc dans l'âme, ses heures passées en compagnie de mes oncles Anghel et Dimi, haïdoucs authentiques, et il avouait avoir vécu là sa plus belle vie. Un instant, ses yeux s'étaient remplis de larmes. Les millionnaires ne pleurent pas, que je sache, sauf peut-être pour leur bourse.

Maintenant, je m'étais épris de cette forte personnalité humaine autant que de Mikhaïl. Je brûlais de lui faire connaître mon ami et de vivre le plus possible dans sa profonde intimité.

Mais une ombre de sinistres pressentiments s'était déjà glissée entre lui et moi : pourquoi m'avait-il dit qu'il y avait mieux que de travailler de ses mains et voir les belles contrées de la terre ? Qu'était-il, ce « mieux » ? Un tripot ? Et puis : il disait vouloir m'aider, à condition que je lui obéisse.

Ah, que je me sentais malheureux ! Voilà une promesse de vie passionnante qui allait mal tourner. Je commençais à aimer cet homme comme j'aimais ma mère, avec, en plus, une violente admiration. J'aurais voulu être son plus humble serviteur personnel, un serviteur ami, rien de plus. Allait-il tenter de faire de moi, en grand, ce que ma mère n'avait pas réussi, en petit : un paisible et médiocre citoyen ?

Était-ce, là, ce « mieux », le bonheur ?

Je connaissais mon irréductibilité et je voyais venir la brouille. Ce qui vint fut pire que la brouille.

Je reconstituai, devant Mikhaïl, la scène de cette entrevue, jusque dans ses moindres détails, puis je fis part de mes doutes. Il me dit :

– Cet homme me paraît bon. Tâche d'être, avec lui, plus raisonnable que tu ne l'es avec ta mère. Il *peut* infiniment plus. S'il veut te créer une situation, accepte, obéis-lui. Plus tard, tu feras ce que tu voudras. Et c'est mieux de porter une chemise propre qu'une chemise grouillante de vermine. S'il ne te demande que cela, je te conseille de lui obéir.

Il me demanda autre chose que cela, quelque chose qui équivalait à la mort de mon âme.

Ne pensant pas mal faire si j'obéissais d'abord à ma soif de voir la belle terre d'Égypte, je me livrai, deux jours durant, en compagnie de Mikhaïl, à une frénétique course à la joie de vivre somptueusement. Nous visitâmes Alexandrie et ses environs. C'était juste. Un oncle riche m'avait donné, comme « argent de poche », huit livres sterling, aussi facilement qu'il m'eût donné dix piastres. Que devais-je faire ? Rester à l'hôtel *Saint-Georges,* plein de punaises, et me nourrir d'un hareng ? Non. Nous déménageâmes pour nous transporter à l'*Hôtel des Postes,* nous fréquentâmes de bons restaurants, nous montâmes des ânes, sur lesquels nous nous prîmes en photographie. Nos cafés et narguilés, nous les buvions et les fumions toujours au *Grand Café de Grèce,* ou « notre café », comme l'appelait mon oncle.

Ce fut de ce café que surgit mon malheur.

Un jour que nous nous trouvions sur sa terrasse, un élégant jeune homme au regard fourbe (je sus après que c'était un de mes cousins) vint me toucher l'épaule :

– C'est vous, Ghérasime ?

– Oui.

– L'oncle vous appelle.

Il disait *l'oncle,* du ton dont un valet prononce : *L'Empereur !*

– Où dois-je aller ?

– Soyez ici demain à quatre heures. Je viendrai vous prendre. Nous avons un baptême.

Il me salua froidement et s'en alla. Mikhaïl me dit :

– Tu es perdu.

Je l'étais. Pour mon oncle.

Le lendemain, le beau cousin vint me prendre en voiture. Nous n'échangeâmes pas un mot jusqu'à la maison.

Maison de gens riches. Parents, invités, popes. On baptisait une mignonne enfant de quatre à cinq ans, qui, toute nue, criait à tue-tête qu'elle ne voulait pas être plongée dans le chaudron. Sans l'aimable secours d'une gracieuse cousine, qui voulut bien s'occuper de moi, je n'aurais point su dire ce que je faisais au milieu de tout ce monde absorbé par le baptême. Vers la fin de la cérémonie, l'oncle me prit à part :

– Voilà, dit-il, je pense t'installer à Alexandrie. Je t'ouvrirai un bureau de tabac, un beau. C'est un excellent commerce. Aucune fatigue. Beaucoup de bénéfices. Et c'est propre, coquet. Mais, dis-moi : es-tu venu, *seul*, en Égypte ?

– Non. Je suis avec Mikhaïl, un grand ami que…

– …Tu me feras le plaisir de laisser tomber ton « grand ami ». Vous êtes, tous deux, des vauriens. Je veux faire de toi *un homme*. Compris ? Va, maintenant. Un de tes cousins t'attend, dehors, avec la voiture, pour te promener.

En me parlant ainsi, il n'y avait, dans le ton qu'il prenait, rien de vexant. Il gardait même une de mes mains dans les siennes, et la tapait, parfois, pour ponctuer sa décision. C'était vraiment un homme bon.

Je me chargeai de le rendre méchant envers moi, jusqu'à l'exaspérer. Ce ne fut pas de ma faute. Peut-on obliger un cheval à courir sur ses genoux ?

Le cousin qui m'attendait dans sa voiture n'était pas mon espion. Un rude gaillard, bien sympathique. Je me plus en sa compagnie et me laissai faire. Il parla de tout, sans jamais tenter de me faire parler. Quant à la promenade, il n'en fut rien : nous nous attardâmes plutôt dans les grandes brasseries, bûmes un peu de tout et nous gavâmes de *mézé*[5].

---

[5] Assortiment de mets méditerranéens.

J'avais donc la tête passablement lourde quand – notre voiture traversant la place Mohammed-Ali – j'aperçus Mikhaïl, sur un trottoir, qui levait sa canne et me faisait des signes. Je ne compris rien à ses gestes. Et ne soupçonnant rien de grave, je voulus éviter le spectacle de notre amitié s'étalant sous les yeux indiscrets de mon cousin de rencontre.

La voiture passa. Ce fut un désastre.

Les amis sont tragiques. Le cœur se blesse plus facilement que celui de la plus amoureuse maîtresse. Certes, la raison en est bien différente, mais le résultat est le même ; blessure profonde qui ne guérit que très lentement.

Et parce que je n'avais pas arrêté la voiture, Mikhaïl resta sur le trottoir, l'âme meurtrie. Il y avait pis. La meurtrissure tombait sur un cœur en lambeaux : une lettre reçue l'après-midi lui apprenait que, dans sa terrible Russie, une créature unique dans son affection l'avait trahi. Il ne manquait donc rien à mon attitude pour qu'elle lui parût une autre trahison.

C'était bien la conclusion à laquelle il était parvenu : fier de me voir entrer dans une famille riche, je ne daignais plus arrêter ma voiture et m'occuper d'un pauvre comme lui. Il eut la cruauté de me le dire en ces propres termes. J'en fus atterré.

Cela se passa à l'hôtel où, débarrassé de mon cousin, j'allai le retrouver. Il était méconnaissable. En guise d'explication, il tira de sa poche les quatre livres sterling qui nous restaient de celles que j'avais ajoutées à notre bourse commune, et me les jeta au nez :

– Voici l'argent de ton oncle !

Je compris que quelque chose de terrible grondait en son âme, pour qu'un homme si délicat fît un tel geste. Je ne soufflai mot, me bornant à m'allonger sur mon lit. Lui-même était déjà couché sur le sien, d'où, rigide, par saccades, il me poignarda tant et si bien qu'à un certain moment je n'entendis plus rien.

Ma raison sombrait dans les hurlements d'un piano mécanique qui prenaient des proportions de tonnerre. Mon corps était gagné par une inertie froide. Les yeux ouverts dans la nuit, je ne pouvais ni bouger ni articuler un mot. Enfin, des sueurs m'envahirent et je revins à moi. J'allumai. Mikhaïl était parti.

J'allai à sa recherche.

C'était une belle nuit d'hiver tropical. Alexandrie semblait vêtue de fête, le centre surtout. Aux terrasses des cafés et des brasseries, inondées de lumière, une foule d'élite s'écrasait littéralement. Les panamas, les fez, le costume blanc et les mille couleurs des toilettes féminines composaient un mélange, riche de contrastes harmonieux, qui réjouissait le regard. Seuls les horribles pianos mécaniques, qui hurlaient chacun pour son propre compte, gâtaient la joie de ce spectacle.

Je ne pensais pas trouver Mikhaïl dans ce monde heureux : j'étais certain qu'il l'avait fui. Je voyais même où il pouvait être : au fort Napoléon. Il y allait de bon cœur rencontrer des matelots russes dont le bavardage l'intéressait. Dans cette rue, des cabarets aux consommations infectes, mais aux tenancières parfois jolies, présentent à l'étranger curieux les aspects les plus divers de la vie des bas-fonds. Une clientèle cosmopolite y abonde. Les décavés en font le nombre. Toutefois, on y découvre souvent le lieutenant d'un vaisseau, spirituel, narquois ; ou bien, le vrai grognard de la mer, avide d'amusement « sans manière ». Le racolage y est défendu et sévèrement puni. Néanmoins on le pratique, en montant la garde.

Et quelque rivales qu'elles soient, ces tenancières, elles sont unanimes à s'entre-signaler, par des cris d'argot, le passage du sombre chaouch. Je n'ai jamais entendu parler d'une défection, ce qui prouve le sens moral de ces femmes « immorales ». Elles le prouvent encore de bien d'autres manières, dont le monde dit « honnête » pourrait tirer quelque enseignement, mais je ne suis pas en ce moment sur ce chapitre.

J'y allai, le cœur gros, chercher mon ami, un ami à l'âme morte. Je fis tout un côté de la rue, sans le trouver, mais on me signala son passage. Car il était déjà connu. Il avait réussi, dès le premier jour, à inspirer confiance et à se faire remarquer par sa façon de traiter ces femmes sur un pied d'égalité morale. On en est gourmand et on sait apprécier. Quelques-unes l'avaient comblé de navrantes confidences, dont l'accent sincère n'est possible que dans de tels lieux. Mikhaïl y retournait par sentiment de réciprocité.

Il y était, cette fois encore, mais ivre comme il ne m'avait jamais apparu. Dans le cabaret, personne que lui et la patronne, qui le voyait pour la première fois. Il buvait du cognac, le chapeau enfoncé sur le nez, les bras croisés sur la table, un mégot entre les doigts. À mon apparition dans le cadre de la porte ouverte, il me fit signe de ne pas entrer, se leva, chancelant, paya, et dehors :

– Conduis-moi à l'hôtel, balbutia-t-il, je t'attendais. Et ne me parle de rien, ce soir : je n'existe pas.

Le lendemain matin, le visage défait, il me dit :

– J'ai envoyé hier une dépêche. La réponse ne peut être que mauvaise, mais je dois l'attendre, huit ou dix jours. De toute façon, l'Abyssinie est morte. Je n'y vais plus. J'irai dans un lieu de repos que je connais bien, à ce mont Athos, où trois mois de méditation ne me coûteront que le pourboire qu'on offre à Dieu. La nourriture provient des moines esclaves et de leurs frères les paysans russes, à peu près aussi esclaves qu'eux. Je serai leur parasite, pour trois mois, et il n'y aura rien de changé sur la terre.

» Mais que deviendras-tu ? Est-ce que ton oncle ne t'a encore rien proposé ?

– Rien.

– S'il t'offre quelque chose, la moindre planche de salut, plus que jamais je te conseille de l'accepter. Dans trois mois, nous nous reverrons. Et ne sois pas si triste ! Je sais qu'hier je t'ai assommé : les vrais amis doivent aussi comprendre cela.

*

Le même matin, nous retournâmes aux punaises de l'hôtel *Saint-Georges*. Par esprit d'économie. Pour mieux ménager notre magot, nous prîmes nos repas dans notre chambre, frugalement, et renonçâmes aux narguilés.

Mais le vagabond n'est pas une créature faite pour tant de vertus : avoir de l'argent et ne pas le dépenser, autant lui demander la vie. Il peut se passer de tout, s'il n'a rien ; quand il possède, il se venge des heures maudites.

C'est pourquoi il n'y eut pas un jour où nous ne sacrifiâmes une demi-livre à nos cœurs malades. Nous étions bien malheureux : la séparation d'abord ; puis, Mikhaïl, avec le choc qui lui était venu de Russie ; moi, avec mon oncle et son bureau de tabac. Si mon ami avait appris cette offre magnifique, il n'aurait pas hésité un instant à me pousser dans les bras de mon oncle. Il ne savait pas qu'on me mettait en demeure de choisir entre l'amitié et un bureau de tabac. Je ne devais plus voir Mikhaïl. Il me fallait rompre avec lui. Telle est la générosité des parents qui vous aiment.

Je couvais toutes sortes de plans adaptés à notre nouvelle situation. But principal : rejoindre Mikhaïl le plus tôt possible, au mont Athos ou au diable Vauvert. Une destinée incompréhensible avait toujours voulu nous séparer. Trois années auparavant, il m'avait plaqué pour filer en Mandchourie s'engager comme sanitaire dans la guerre russo-japonaise. Il en était revenu, huit mois après, une icône minuscule dans la poche :

– Voilà, dit-il, ce que le tsar envoyait à nos soldats pour vaincre les Japonais. Ceux-ci n'envoyaient aux leurs que du riz. Et le riz a vaincu l'icône.

Novice dans l'art du vagabondage, il m'était impossible de le suivre partout. Mais je voyais quelle était la première loi de cet art : une volonté de partir, qu'il ne fallait pas soumettre à l'analyse microscopique de la réflexion.

J'étais fait pour cet art.

Le surlendemain de la cérémonie du baptême, comme nous nous trouvions à la terrasse du *Café de Grèce,* le cousin mouchard vint discrètement me dire :

– L'oncle me charge de vous rappeler la conversation que vous avez eue ensemble et l'ordre qu'il vous a donné.

– Je vous remercie de la commission.

– Mais...vous n'obéissez pas à la volonté de l'oncle.

– Comment le sait-il ? Par vos soins ?

Le vermisseau s'en fut rapporter.

Deux jours après, l'oncle survient à l'improviste au même café et me surprend avec Mikhaïl. Tout le monde lui fait des salamalecs. Je le salue respectueusement et reste près de mon ami. Il me fait appeler près de lui :

– Je te demande, pour la dernière fois, de quitter cet individu...

– Le connaissez-vous, d'abord ? coupai-je.

– Je n'ai nulle envie de le connaître, fût-il le fils de lord Crommer !

Et, se levant :

– Viens avec moi !

Nous fîmes ensemble plusieurs grands magasins de primeurs où il commanda diverses gourmandises. Puis, me prenant dans une ruelle solitaire, il m'embrassa et me dit :

– Quand tu auras quitté ton malandrin d'ami, tu viendras me trouver. Adieu !

– Oncle, dis-je, aidez-moi à partir, et vous n'aurez plus à vous occuper de moi, du moment que vous me croyez uni à un « malandrin ».

Il s'éloigna sans me répondre.

Cela me parut incroyable. Comment : allait-il avoir le cœur de me refuser une dizaine de livres, alors qu'il se disait prêt à me monter un bureau de tabac ? Non. Il n'en était pas question.

Ce fut cette conviction qui me précipita au fond de l'abîme. Mikhaïl la partagea. Il ignorait que mon oncle avait des raisons, à lui, de m'en vouloir. Mais comment pouvais-je avouer à mon ami l'atrocité de ces raisons sans l'humilier ? Et lui, convaincu qu'un oncle qui s'était montré si large ne pouvait pas ne pas faire « quelque chose » pour son neveu bien-aimé, attribua les tergiversations du vieux à l'insouciance du millionnaire :

– Il finira, quand même, par te jeter une poignée de sterlings et par se débarrasser de toi ! disait-il.

Je le croyais fermement.

Maintenant, que les hommes de cœur apprennent la fin de cette histoire, et si elle ne les fait pas frémir, cela voudra dire sans doute que la vie est tout autre chose que ce que je crois.

*

Trois jours passèrent, pendant lesquels nous supprimâmes courageusement toute dépense superflue. Notre bourse commune menaçait ruine. Le soir du troisième jour, en proie à de sombres pressentiments, j'allai au club voir mon oncle. Il me reçut très affectueusement, me croyant venu pour me rendre à ses généreuses raisons :

— Alors ? fit-il, me prenant une main : c'est entendu ? As-tu fait tes adieux à ce vaurien ?

— C'est à vous, mon oncle, que je viens faire mes adieux, et vous prie de me donner juste de quoi arriver à Marseille et y vivre une semaine. Après je me débrouillerai.

Il se leva, blême :

— Va-t'en ! Ingrat ! Et que je ne te voie plus ici !

La chambre se mit à tourner avec moi. Je faillis m'évanouir. Il me conduisit jusqu'au vestibule.

Lorsque, rentrant à l'hôtel, je rapportai à Mikhaïl le résultat catastrophique de cette suprême démarche, il dit que mon oncle était fou et que sa folie nous perdait tous les deux.

Le lendemain, nous confiions nos valises au patron de l'hôtel *Saint-Georges* et nous déménagions à l'asile *Rudolphe*.

Ce fut une nouvelle existence, bien forte.

Il ne nous restait plus que trois livres sterling. Mon ami en cousit deux à la ceinture de son pantalon :

— C'est pour le jour où nous aurons à « lever l'ancre ». Nous n'y toucherons pas, même si on doit nous transporter, morts de faim, à l'hôpital !

Il nous fallait cependant vivre. Nous vécûmes.

Très gaillardement, nous confectionnâmes chacun une planche recouverte de velours, sur laquelle nous épinglâmes un beau choix de notre verroterie. Couleurs vives sur noir foncé, cela tapait l'œil. Et nous voici parcourant les quartiers et les fêtes arabes, en criant à tue-tête :

– *Koulou haga*[6] *ersche tariffe ! Koulou haga ersche tariffe !* (Toute chose, une piastre !)

C'était moins bien que du temps où nous cavalions sur nos ânes jusqu'à Ramleh aller et retour, nous amusant des cris que les propriétaires de nos bêtes lâchaient en courant derrière nous : *A-a-a ! A-a-a !* Mais le vagabond est très prompt à accepter ce que le destin lui envoie. Nous nous pliâmes de bon cœur. La belle verroterie fit le reste.

Le premier jour, nous en vendîmes pour une livre sterling qui n'était faite que de pièces d'une piastre. Puis nous exhibâmes les colliers, broches, bracelets, ouvrages composés, que nous cédâmes pour des prix variant entre cinq piastres et un shilling. Cette sorte alla moins bien. Nous revînmes à *Koulou haga ersche tariffe !* et le poussâmes à fond, hurlant comme des enragés les quatre mots d'arabe que nous savions. Les jeunes *fellahinnes*[7], et même les vieilles, nous entouraient aussitôt, extasiées. Aux copines qui ne pouvaient pas s'en payer, nous leur en offrions gracieusement, ce qui faisait luire un œil joyeux par le trou d'un vilain voile.

Et ne nous voilà-t-il pas emballés du succès de notre commerce, au point d'oublier les serments faits dans la détresse et de nous permettre de nouvelles folies ? Mais certainement ! Nous trouvâmes que la ratatouille, à une piastre la portion, de l'asile *Rudolphe,* nous avait dérangé l'estomac, et que ses lits à deux piastres la nuit étaient bien incommodes. Nous fûmes encore d'avis qu'il y avait là une condition indigne pour deux

---

[6] Chose (arabe hadja, forme dialectale).

[7] Paysannes (arabe).

commerçants. Bref, nous retournâmes à l'hôtel *Saint-Georges.* Et, tout de suite, deux gros *tchibouks*[8] et deux raids, à la terrasse du *Café de Grèce :* pour narguer mes cousins. Bien mieux, nous montâmes des ânes à leur barbe, criant aussi fort que discrètement, à nos guides :

– À Ramleh !

Naturellement, personne ne nous voyait quand nous sortions avec notre verroterie, pour battre les environs de la ville et pousser des *Koulou haga ersche tariffe !*

Mais cette « haga » s'arrêta net. Plus possible d'en vendre pour dix piastres, après une journée de marches épuisantes et de cris fous. Et la réponse que Mikhaïl attendait de Russie ne venait toujours pas.

Elle vint, cependant, telle que mon ami la prévoyait. Alors il donna un coup de pied à la verroterie et décida de partir pour le mont Athos. Comme argent, nous étions un peu plus à l'aise que le jour où nous avions frappé à l'asile : quatre livres. Elles représentaient strictement la somme dont avait besoin mon ami. Qu'allais-je faire ?

Heureusement, un marchand ambulant s'offrit à nous acheter le reste de notre verroterie. Nous la lui cédâmes pour deux livres sterling.

– Où veux-tu aller ? me demanda Mikhaïl.

– En France.

– Avec deux livres ?

– Et mon courage.

---

[8] Forme turque du mot chibouque, longue pipe orientale.

*

Le même jour, traversant le marché, j'apercevais mon oncle, seul. Je cours vite, le salue et le prie de me donner deux livres. Il ne veut pas me voir ni me répondre. Je le suis. Je l'embête. Peine perdue. Il continue imperturbablement son chemin.

— Donnez-moi au moins une livre ! Pas de réponse. Pas un regard.

— Donnez-moi une demi-livre !

Rien. Il ne me voit pas. Mais le lendemain, il m'envoie à l'hôtel un billet de voyage sur le pont, jusqu'au Pirée, et une livre sterling.

Je demande ici pardon à son âme, pour l'avoir affligée, en préférant Mikhaïl au bureau de tabac qu'elle m'offrait et qui devait faire de moi un *homme*.

Vienne, janvier 1930.

IMMORTALITÉ

Il y a seize ans environ, je prenais le bateau *Arcadia,* d'Alexandrie d'Égypte, pour aller en Grèce. C'était à l'époque de la guerre italo-turque. Le détroit des Dardanelles était fermé. Le bruit courait qu'un de mes meilleurs amis, gravement malade sur un paquebot qui faisait route pour Constantza, avait été interné dans quelque hôpital misérable du Pirée ou d'Athènes, où il dépérissait. J'allai à son secours.

Sur l'*Arcadia,* je fis la connaissance d'un Péruvien, un mulâtre à l'allure de sportsman. Il s'amusait familièrement en compagnie des voyageurs de première et seconde classes, se livrant à toutes sortes d'exercices gymniques, mais finissant toujours par une petite quête qui avait des prétentions au comique. En réalité, il m'avoua sa misère « vernie », dépourvu qu'il était d'argent et voyageant sans cabine, sur le pont, comme moi.

Nous parlions l'italien, il s'appelait Domenico. Solidement bâti, face musculeuse, yeux de démon, se sentant méprisé par les touristes qu'il « tapait en douce », et trop fier pour se mêler à la « racaille » des troisièmes, il s'agrippa à moi. Nous devînmes rapidement amis et arrivâmes aux confidences. Je sus qu'il était professeur d'athlétisme abonné au chômage, et... pickpocket. Son premier métier, mes propres yeux m'en avaient convaincu : il était réel. Le second, c'est lui qui m'en informa. Celui-ci également était réel, car, pariant avec Domenico qu'il n'arriverait pas à « barboter » mon porte-monnaie, il me le « fit » bel et bien, trois fois en trois jours d'affilée. Je lui accordai toute mon admiration.

— Oui, concluait-il, je suis capable, mais je ne risque ma liberté que dans les moments de détresse. Jusqu'à ce jour, la police ne me connaît pas.

Au Pirée, débarquant, il me questionna sur ce que j'allais faire. Je lui dis :

— Je cherche un ami malade, peut-être agonisant, je voudrais lui porter secours !

— C'est beau ! s'exclama-t-il. Tu dois être un homme comme il faut. Allons ensemble chercher ton ami : s'il est « dans le pétrin », je ferai un coup de maître et lui verserai toute la somme ; puis nous verrons... J'espère trouver quelque engagement à Athènes. Tu connais le grec, moi pas. Peut-être t'utiliserai-je.

— Mais il ne faut pas m'« utiliser » dans ton second métier ! fis-je, effrayé.

Le mulâtre ricana :

— Ces *affaires-là,* je les entreprends seul. Et, en tout cas, jamais avec des novices comme toi !...

Deux jours durant, nous fouillâmes les hôpitaux du Pirée et d'Athènes sans trouver trace de mon ami. J'y renonçai.

Domenico, déséquilibré, comme tout vagabond « de race », menait une vie de fou, se moquant de l'économie et ne pensant guère au lendemain.

Correctement vêtu, pantalon blanc au pli impeccable, veste d'alpaga, beau chapeau de paille et souliers neufs – à ses côtés je faisais tache avec mes habits râpés... Autrement, pas trop mal assortis comme mentalité. On ne se tracassait pas tellement sous le ciel généreux de l'Hellade ; et tout en cherchant un emploi, nous grignotions des *stragalia*[9], moi interrogeant les Grecs, Domenico courtisant les femmes, jusqu'au jour où l'aubergiste nous mit à la porte, faute de pouvoir lui payer la drachme quotidienne.

Je m'en plaignis à un batelier célibataire avec qui je venais de faire connaissance. Le brave homme nous offrit son gîte, que nous acceptâmes avec empressement, mais le lendemain de cette première nuit, nous nous découvrîmes des poux gros comme des grains d'orge ! Domenico, terriblement en colère, oubliait le rôle de « gentleman » qu'il tenait, se grattait en pleine rue, en pleine promenade bondée de passants, roulait des yeux féroces et répétait sans cesse, le chapeau sur la nuque :

– Je n'aime pas les poux ! Je ne peux pas les supporter !

– Diable ! comme si je les aimais et pouvais les supporter, moi. Mais que faire ?...

– Eh bien ! dit-il, je vais chercher un engagement ; et, en attendant, je coucherai à la belle étoile !

Il tint parole et s'en alla à pied à Athènes. Je ne le revis plus pendant toute une semaine.

Cependant, je continuais à jouir de l'hospitalité du généreux batelier, je trouvais un peu de travail, je vivais tant bien que mal en espérant mieux – quand voici Domenico !...

Il était radieux et ne se grattait plus. Riant de toutes ses belles dents, il me montra deux livres sterling :

– Allons ! au diable les poux et ton badigeonnage... Viens avec moi à Athènes. Nous ferons *un numéro,* composé de nous deux, et nous gagnerons de l'or !...

----

[9] Friandise (grec).

– Un numéro ? dis-je. Tu veux faire de moi un saltim-
banque ?

Je me souvins des jours vécus à Beyrouth et à Damas,
quand un ami également me faisait « jouer » dans une troupe
de pantomime ; je brillais par un mutisme absolu dans des rôles
de bourreau, de prince mufle ou d'apache...Et je m'écriai :

– Seigneur ! sous combien de fourches dois-je passer encore ?

– Il ne s'agit d'aucune « fourche », expliqua Domenico, tu
feras le « boxeur » amateur. Moi, le « professionnel ».
J'accepterai ton défi, je te casserai un peu la figure et le public
rigolera, car le public vient au spectacle avec le rire tout prêt
dans le ventre. Une exhibition d'une demi-heure : dix francs
pour toi, quinze pour moi ! une livre sterling à nous deux tous
les soirs, c'est épatant ! Et tu fais très bien pour cette rigolade :
maigriot, chétif, pauvre bonhomme. Tu prendras des grains de
haricots secs dans la bouche et cracheras tes fausses dents à
terre.

Les fausses dents ? Ma foi, j'ai failli cracher les vraies !

*

Avant de « sortir », Domenico, beau, séduisant, avec ses
formes d'athlète, m'avertit :

– Gare à toi ! je te cognerai passablement, car le patron ne
permet pas qu'on triche, mais pense : dix francs pour une demi-
heure !...Supporte !

Comment, supporte, tonnerre de Dieu, quand j'étais déjà à
moitié mort de peur !

Le public, bon enfant, partit d'un fou rire, rien que de voir
sur la scène la caricature qui osait provoquer cette rencontre.
L'arbitre fit les présentations et nous nous serrâmes les mains.

Le « professionnel » me fit hurler plus qu'il n'était convenu. Puis, les gants et…à la boxe !

Au diable ! Je suais à grosses gouttes avant d'encaisser le premier coup. Il fallait encore que ce fût moi qui menasse l'offensive. Domenico, maîtrisant à grand-peine l'envie de rire, se…garait ! Il n'en avait guère besoin. Il s'amusa de moi, aussi longtemps qu'il le jugea bon, puis, d'un seul coup à la mâchoire, il vida ma bouche de ses haricots et m'ébranla la cervelle.

Je tombai à terre – non pas parce que c'était ainsi que nous nous étions entendus avant le « combat » –, mais bien parce que je n'en pouvais plus.

L'arbitre se mit à compter les secondes. Je le devinais, du moins, car, abasourdi, je n'entendais rien ; et le pauvre homme dut allonger ses secondes à l'abri des applaudissements. Domenico, inquiet, tourna le dos au public et me dit :

– Assez, *fratello*[10], lève-toi.

Merci, fratello…Lève-toi, oui, si tu le peux, mais voilà, dans ma tête, la terre tourne comme une meule.

Enfin, je me levai, chancelant, et tandis que les spectateurs riaient aux larmes, je me demandais quels étaient les péchés que je devais expier.

Le « combat » reprit. Mon Péruvien fut un peu plus raisonnable et m'épargna tant qu'il put, par crainte de me voir décamper à toutes jambes, me promena à droite, me bouscula à gauche, jusqu'au coup de grâce, qui faillit me briser les dents.

Aveuglé par la douleur, le menton meurtri, la langue mordue, je m'élançai vers les coulisses pendant que le rideau tom-

____

[10] Frère (italien).

bait. Rires et applaudissements me parvenaient comme dans un rêve ; la foule hurlait, rappelait ; je ne voulus plus me montrer.

– Allons remercier, fratello, dit mon assommeur. Il le faut…C'est le métier !

– Laissez-moi tranquille avec votre métier !

Le lendemain, dans notre chambre, il me semblait que j'avais la tête en marmelade et grosse comme un chaudron. Les côtes me faisaient mal, je ne pouvais mordre le pain.

Je fis mon baluchon.

– Je retourne à mon badigeonnage, dis-je à Domenico. Merci pour tes dix francs gagnés en une demi-heure !

– Attends, fit-il, j'ai dans la poche la proposition d'une société sportive qui m'offre de donner à ses élèves des leçons d'athlétisme. J'accepte. Tu me serviras d'interprète, et tu verras comment nous allons vivre !

Bon. Allons aussi vivre cela.

En effet, nous avons vécu des jours dignes d'un vagabond. En plein air, sur le sol aménagé d'une grande cour, les élèves venaient, à tour de rôle, apprendre l'art de se casser les côtes. C'étaient des jeunes gens de toutes les classes, les plus riches mêlés à des ouvriers éreintés par le travail.

Domenico ne devait pas lutter, mais seulement montrer comment il fallait mener la lutte. Ainsi, sous les yeux du directeur, il prenait les élèves, chacun durant quelques minutes, dans un corps à corps élégant, puis les faisait lutter entre eux ou leur donnait des explications que je traduisais aux Grecs dont je rapportais les questions au professeur.

Mais ce n'est pas de ces bêtises-là qu'il s'agit ici !

*

Il y avait, parmi les membres imberbes de cette société, un élève plus âgé que ses collègues, un certain Haralambe, un « vieux » d'une trentaine d'années, très grand, très maigre, moustachu, avec des attitudes ridicules et un visage d'apôtre. Il se tenait de côté, silencieux, suivait les luttes, l'attention soutenue, fumait sans arrêt. Celui-là, mon Péruvien ne pouvait « l'encaisser », le détestait affectueusement, et chaque fois que c'était son tour d'être « instruit », le mulâtre lui cassait les reins.

Le pauvre Haralambe, paisible, se tut tant qu'il put, mais à la fin se plaignit au directeur. Celui-ci me pria de dire au professeur qu'il était « payé pour donner des leçons aux élèves mais non pour les assommer ».

Domenico pouffa de rire :

– *Ma qué*, « Leçons », *caro mio !* Ce dégingandé-là est bon pour faire un pâtre ! L'athlétisme n'est ni pour ses os ni pour ses trente ans.

C'était un peu mon opinion, mais je voyais plus loin que mon ami. Cette face allongée et grave de saint, cette sincérité, cette application à apprendre, ce stoïcisme à supporter la malveillance... Non, me disais-je, il y a quelque chose que cet homme cache sous sa peau.

Et, en effet, quelque chose s'y cachait. Quelque chose de beau. Ou plutôt...

Mais je préfère vous laisser juges :

Un soir, me séparant de Domenico, je guette la sortie des élèves, et je me mets à suivre Haralambe. À un coin de rue, je l'aborde :

– Voulez-vous prendre un café avec moi, Kir Haralambe ?

Lui, quoique tout aussi pauvrement vêtu que je l'étais moi-même, me toisa de belle manière et eut un instant d'hésitation qui me vexa. Il se tint droit comme un poteau et me regarda avec sévérité ; je lui souris amicalement, les yeux franchement ouverts, pour qu'il découvrît en eux ce que je dérobais aux autres. Je savais, par expérience, quels drôles d'animaux sont les êtres qui se forgent leur propre monde.

– Si vous voulez…fit-il mollement.

Puis, devant les tasses de café :

– Pourquoi aviez-vous besoin de prendre un café avec moi ?

– Que sais-je…Vous n'avez jamais éprouvé de ces besoins-là ?

Il parut confus, ses lèvres remuèrent à peine :

– Si, autrefois.

– Moi je les éprouve encore aujourd'hui. Est-ce mal ?

– Mal ou bien, c'est votre affaire, mais à quoi cela vous sert-il ?

– …Certains hommes m'intéressent.

– Mauvais intérêt ! Tous les hommes sont les mêmes.

– Ce n'est pas vrai ! Tous les hommes ne sont pas les mêmes, dis-je avec force.

– Ah ! fit-il, étonné.

Et il écarquilla ses gros yeux, puis, moqueur et grave :

– …Ils ne sont pas les mêmes ?…Eh bien, s'il en est ainsi, dites à votre ami, le professeur, qu'il est un âne !

Sur ces mots, Haralambe se leva, me serra la main et me planta là. Je restai ébahi sous le coup de cette apostrophe.

Je n'en communiquai rien à Domenico, mais je le priai d'être plus humain avec Haralambe, en expliquant que la direction pouvait se fâcher, nous envoyer au diable, et qu'alors nous nous rencontrerions de nouveau avec les poux.

Par humanité ou par peur, le mulâtre fut plus raisonnable, et, la séance suivante, il instruisit plus patiemment son persécuté qu'il n'y était tenu. Haralambe en éprouva une chaude reconnaissance. Me prenant à part, il me pria de l'accompagner chez lui. C'est ce que je désirais.

J'y allai.

Dans une grande pièce poussiéreuse et sentant le graillon des célibataires qui popotent sur leurs genoux, livres, meubles estropiés, manuscrits, hardes gisaient pêle-mêle.

– Ne faites pas attention à ce désordre, me dit-il d'un air blasé. Je n'ai pas de femme, ni le goût de l'ordre *matériel* ; j'ai autre chose en tête.

Haralambe parlait comme un prince. Il me pria poliment de prendre place, tira une lampe à alcool crasseuse et fabriqua savamment deux cafés turcs, qu'il versa dans des tasses à moitié lavées.

– Je n'ai pas d'eau à volonté, s'excusa-t-il, mais vous pouvez boire sans crainte, je ne suis pas malade…

Puis, sans crier gare, se renversant sur sa chaise et fumant, il se mit à me débiter, d'un ton doctoral mais sincère, à peu près ce qui suit :

– Oui, les hommes ne se ressemblent pas ; certains sont des ânes : ils se contentent de la *matière*. Je ne suis pas de ceux-là. Moi, c'est le psychique qui me préoccupe. C'est-à-dire, comment ? Vivre ainsi, comme une brute et disparaître sans laisser la moindre trace ? Cela ne se peut pas, ce serait pis que de n'avoir jamais existé. L'existence, c'est la trace, la preuve que tu as une âme ; l'homme qui ne peut pas faire cette preuve n'est qu'un animal. Voilà pourquoi j'ai tout fait dans le but de laisser une *trace,* mais je ne sais si j'ai réussi. Ceux qui le savent ne me prennent point en considération, me croient fou ; et vous voyez bien que je suis normal. Je vais vous le prouver en vous lisant une pièce de moi, un drame en deux actes.

Il prit un tas de paperasses et commença.

Et finit. Mais je n'avais presque rien compris. J'ignorais la langue grecque *littéraire.* Tout ce que j'avais compris, deux heures durant, c'est que sa lecture était distinguée, nuancée, et la mimique riche. Un acteur dramatique.

Il ne me demanda pas mon opinion sur son ouvrage, ce dont je lui sus gré.

Il faisait nuit, Haralambe alluma une lampe à pétrole, aussi borgne que lui-même.

— Nous allons dîner ensemble, si vous acceptez, dit-il, et aussitôt il fit surgir sur la table du pain, des olives et de la salade, le tout dans un état de propreté douteuse.

Il suait à grosses gouttes, déboutonna sa chemise, et pendant que nous mangions, je regardai la peau de son cou : elle glissait de haut en bas, tendue et transparente, comme une feuille de parchemin. Il fixait vaguement un point obscur de la chambre. Se nourrir semblait lui être une corvée. Il rêvait.

— Ce n'est là qu'une partie de ce que j'ai fait, reprit-il. Je pourrais vous montrer bien d'autres choses, si cela vous intéresse. J'ai par exemple une dissertation sur l'acoustique des théâtres anciens. Venez demain matin. Je vous promènerai parmi les ruines de l'Acropole.

Je me présentai le lendemain, à l'heure fixée. Pour mon malheur, cette fois encore, rien ou presque rien ne me fut compréhensible. Son discours érudit me semblait une lecture d'Aristote.

Il me parla longuement : de la beauté toute spirituelle et de l'origine des divers styles de l'architecture grecque, m'expliqua quelle forme avait telle ou telle pièce manquant à un monument ; me décrivit avec force détails les objets qu'on trouve dans le musée de l'Acropole. Puis, nous promenant dans le théâtre Dionysos et après m'avoir raconté Dieu sait quoi sur les noms gravés dans le marbre des fauteuils, Haralambe arriva enfin à l'acoustique. Il me montra une énorme cavité pratiquée dans le sous-sol du théâtre, cria en l'air et me dit de mettre l'oreille au trou qui était à ses pieds. Pendant une heure il ne fut question que du théâtre antique et de son acoustique.

Je me demandais :

– Ne s'aperçoit-il pas que je n'y comprends goutte ?

Non, il ne s'en apercevait pas. Il ne parlait pas pour moi, mais pour les exigences de son *psychique*. Les lèvres brûlées, le visage luisant, la voix caverneuse, les yeux regardant deux mille ans en arrière, Haralambe n'était plus qu'une âme, il avait volatilisé sa *matière*. Je ne lui étais qu'un prétexte.

Il ne me quitta qu'à midi, sans que je susse pourquoi. Nous nous rencontrâmes à deux heures. Visite au temple de Thésée et à la prétendue prison de Socrate, où j'eus la tête farcie par d'autres discours qui ne m'ont rien appris, puisque je suis un ignorant.

Cependant, j'étais curieux de savoir comment cet homme avait pu se fourrer dans l'athlétisme. Quel rapport trouvait-il entre la philosophie et l'art de se casser les côtes ?

Le soir du même jour, chez lui, Haralambe sortit un violon, et, longtemps, la joue collée sur l'instrument, les yeux langoureux, il racla. J'étais désolé !

– Tout cela c'est très bien, fit-il, fatigué, mais ce n'est pas facile à comprendre. Les arts, la philosophie sont des beautés créées par de grands hommes et offertes aux âmes pour les déguster. C'est dur. Voilà pourquoi je me suis décidé à devenir athlète : l'art de la plastique vivante – hygiène de la beauté corporelle – est à la portée de toutes les intelligences.

» J'ai été un bon gymnaste et je suis costaud. Si je réussis à sortir premier de quelque jeu olympique, notre société me fera un buste, après ma mort. C'est tout de même une *trace,* une preuve que j'ai une âme, une espèce d'*immortalité.*

Et Haralambe s'épongea le front qui ruisselait.

Quelques jours plus tard, lors d'une séance de lutte, Domenico se brouilla avec le directeur, fut à un doigt de prendre au collet, sans aucune élégance cette fois, ses élèves, et ainsi nous nous trouvâmes de nouveau dans la « débine ».

Alors je lui racontai quel feu dévorait les entrailles d'Haralambe : l'*Immortalité.*

Soucieux, le professeur d'immortalité haussa les épaules, peu disposé au bavardage.

– L'immortalité serait acceptable, fit-il, si les poux n'existaient pas !...

Pendant deux jours, Domenico resta sombre, muet. Le troisième, très tôt, il se réveilla avant moi, fait inaccoutumé. Son visage était verdâtre. Il s'habilla machinalement, fumant cigarette sur cigarette. Puis, calmement, il se mit en devoir de fouiller toutes ses poches ; il en tira des lettres, des brouillons, des bouts de papier couverts de notes et déchira le tout ; d'un carnet il arracha plusieurs feuilles, après l'avoir inspecté minutieusement. Enfin se redressant :

– Vois-tu ces deux doigts ? fit-il, me mettant sous le nez l'index et le majeur. Les vois-tu ? Eh bien, de nouveau, je suis dans un de ces moments de détresse où je dois risquer ma liberté pour sortir du « pétrin ». Aussi, je demanderai aujourd'hui à ces deux doigts de l'art, adresse géniale, je leur demanderai de s'introduire insensiblement dans une poche bien gardée et de me tirer de la misère ! Sais-tu ce que cela veut dire ?

Domenico me regardait, avec des yeux injectés de sang.

– Oui, fis-je, cela doit être terrible…

Il épela mes paroles :

– Ce-la doit être ter-ri-ble… Non, pas terrible, mais mortel ! Il n'est pas question de crainte, ni de risque, ni de danger. Mais le cœur et la respiration s'arrêtent, mon sang tourne en poison ! Je deviens un monstre. Au moment où je les introduis dans une poche étrangère, je sens ces deux doigts brûler dans le feu de l'enfer : Domenico doit voler, et son vol n'est pas protégé par les lois, à l'exemple de celui pratiqué par les riches.

Reculant de deux pas, il s'asséna un coup de poing sur la poitrine :

– C'est moi le grand artiste, c'est moi qui ai bien plus de génie que tous ces « ruffians » qui font de l'art de tout repos ! Mon art, c'est une guerre mortelle.

Il s'arrêta, assis sur une chaise au milieu de la chambre, la tête entre les mains, les coudes appuyés sur les genoux. Il s'efforçait de retrouver son calme…

Puis, d'une voix éteinte et se levant pour partir :

– Je vais me promener dans le train électrique entre Athènes et Le Pirée. J'essaierai de faire un coup. Mais seulement dans des conditions favorables. Il y a nombre de touristes qui déambulent, la tête dans la lune. Si je réussis, tu me reverras avant demain soir, sinon, tu sauras que je suis pris pour la première fois dans ma *carrière…*

Le matin suivant, Domenico apparut en tempête, me jeta cinquante drachmes, m'embrassa et au moment de disparaître pour toujours, me dit, essoufflé :

– Je te quitte ! Adieu ! Ton Haralambe cherche l'immortalité *après la vie ;* ce n'est pas la mienne, cette immortalité !

Menton, « Les Sapins », mars 1927.

SOTIR

Le train stoppa en gare de Constantza. Il était midi. Adrien se mit en marche, la figure emmitouflée dans son paletot. C'était la tempête. De gros et violents déplacements de neige, emportés en tourbillons par la bise, balayaient rageusement les rues.

Par-ci, par-là, on apercevait la silhouette d'un pauvre Turc ou d'un autre habitant de la péninsule – vêtu d'un misérable veston arrêté à la ceinture, d'un pantalon large, encombrant et serré à la cheville – luttant avec l'orage, la tête complètement enfouie dans le châle du turban. Adrien se retournait un instant et les suivait des yeux avec commisération. À la place Ovide, il ne trouva pas une créature pour lui indiquer où se trouvait le *Restaurant Macédoine.* Il fit plusieurs tours en regardant les enseignes. À la vitrine d'une grande librairie, il vit un beau tableau exhibé avec ostentation : c'était un paysage d'hiver. Malgré le froid, il ne put s'empêcher de le considérer un bon moment : « Oui, se dit-il en le quittant, c'est beau, c'est beau : mais qu'est-ce que le Beau seul ? »

Tournant le coin de la librairie, il tomba sur le *Restaurant Macédoine,* entra et alla tout droit au comptoir, où se trouvait le patron :

– Sotir, le gros matelot barbu du paquebot *Dacia* vient-il parfois ici ?

– Oui, régulièrement, mais après les repas, pour prendre le café et bavarder.

– Bon, je vais déjeuner ici et attendre.

Il enleva son paletot, prit place à une table et se fit servir.

Le paquebot *Dacia* était un des quatre bateaux, propriété de l'État, qui faisaient le trajet de Constantza à Alexandrie d'Égypte. C'était celui qu'Adrien devait prendre le lendemain. Sotir, le matelot qu'il venait demander, en était effectivement le cambusier et une de ces curiosités internationales qu'on ne rencontre qu'en fréquentant les bistrots honorés par les travailleurs de la mer ; non pas un de ces « gueulards » et raconteurs d'histoires interminables, mais un homme étrange par ces contradictions : capacité, force de travail, honnêteté, multiples connaissances en d'innombrables métiers ; et, d'autre part, une inconstance fameuse, la désobéissance, les colères. Un de ses nombreux commandants lui ayant dit un jour :

– Mon brave Sotir, si vous restiez cinq ans tranquille sous mes ordres, je vous ferais mon second !

– Je crains la moisissure, mon commandant, lui répondit-il. En outre, je ne veux pas être second et « sous vos ordres », mais premier et à mes ordres : ne vous figurez pas que vous me commandez.

Il disait vrai. Il n'acceptait que les places où, une fois au courant de son travail, il l'exécutait si ponctuellement que toute intervention devenait superflue et entraînait sa démission.

Adrien l'avait connu pendant l'été qui venait d'expirer, dans un restaurant ouvrier de Sinaïa où, dans le feu d'une âpre discussion sur le mouvement révolutionnaire (qui s'esquissait vigoureusement à cette époque), Sotir l'avait tutoyé sans façon et lui avait lancé sans autre préambule cette question :

– Tu es A. ou S. (anarchiste ou socialiste) ?

– Je suis constructeur. Je n'ai que soif de démolitions, avait répondu l'interrogé.

– As-tu du matériel ?

— Nous le forgeons.

— Y aura-t-il de la place pour tout le monde dans votre nouvelle construction ?

— Pour tout le monde, sauf pour les fainéants.

— Bah ! Je n'y serai pas, alors : j'aime la fainéantise, moi.

Et cet homme, qui aimait la fainéantise, était couvert de plâtre et de poussière de la tête aux pieds. Adrien répondit à cette boutade par un gros rire.

— Zut, alors, pour un fainéant !

Ils sortirent ensemble pour faire, avant le coucher du soleil, une promenade dans les magnifiques bois de cette résidence royale. Arien se sentit tout de suite attiré vers cet homme beaucoup plus âgé que lui par l'instinct d'aventures qui grouillait au fond de son être. Et le tendre aventurier qu'était Sotir ne manqua pas de reconnaître, dans le jeune homme au cœur prompt, un disciple d'une égale tendresse. Sotir respirait dans toute sa personne cet air d'altitude que dégagent – comme ces grands groupes joyeux qui descendent de la montagne un dimanche soir – tous ces hommes instables qui ne connaissent pas de frontières, à qui la terre sert de patrie, et dont les départs et les arrivées sont la principale nourriture.

Ils s'étaient enfoncés dans une allée solitaire qui semblait ne plus finir, et ce fut alors qu'Adrien entendit, pour la première fois de sa vie, le retentissement sourd d'une grande voix libertaire, la proclamation mystique, au coloris biblique, de la plus noble des passions humaines, quand elle se manifeste à l'état de passion : se mouvoir selon sa volonté et éviter toute contrainte plus pénible que la mort. Adrien, qui était, sans le savoir, tout pénétré de cette passion, mais qui voulait appeler les hommes par un nom connu, demanda à Sotir :

— Vous êtes donc anarchiste ?

Et celui-ci, un peu déçu, se croyant mieux compris :

– Non, répondit-il avec simplicité, je ne suis pas anarchiste, je suis seulement un homme qui aime la liberté, tandis que les anarchistes ne l'aiment pas, ou croient l'aimer ; les anarchistes ne sont pas des hommes libres, ils sont anarchistes, c'est-à-dire : des hommes désordonnés. Or il y a un ordre en tout dans ce monde, même dans l'amour de la liberté. J'aime être libre. Mais je ne force personne à faire comme moi. La plupart des hommes sont nés pour être esclaves. Ce n'est pas facile d'être un esprit libre. Ce n'est pas facile aujourd'hui. Ce ne sera pas facile demain ni dans dix siècles. Être esclave ne veut pas dire avoir la chaîne du travail rivée à la ceinture. Être homme libre ne signifie pas non plus travailler à son compte, ou ne pas travailler du tout. L'esclave, c'est la bête, matière destinée dès le commencement du monde à être commandée, matière basse, matière sans qualité, soumise avant tout à la bassesse. Elle est, par rapport à l'homme libre, ce que le sable est par rapport à la terre fertile. Elle est inerte, elle n'a de mouvement que par la volonté des autres, comme les sables qui sont commandés par les vents. Alors son mouvement est catastrophique, aveugle. Il engloutit tout. Voilà l'esclavage qui sert de plate-forme à un empereur ou à un roi, soit à un démocrate ou à un démagogue. Qu'il s'agisse d'une foule des faubourgs ou de la foule plus restreinte qui siège dans un Parlement, toujours elle est menée par une main forte. Elle ne connaît que deux formes d'existence : dominer, ou se faire dominer. Ça dépend de la tête qui la commande. Comment parler de liberté entre ces deux dominations ?

– Quelle est votre forme de gouvernement ? demanda Adrien, confus.

Sotir souleva les épaules :

– Je n'en ai pas.

– Mais c'est tout à fait de l'anarchie, cela !

– Pas tout à fait : les anarchistes, appelés au pouvoir, finiront malgré tout par former un gouvernement, car le monde a besoin d'être gouverné. Sinon, ce gouvernement sera formé, sur leur dos, par ceux qui ne sont pas anarchistes. Dans un cas comme dans l'autre, ce ne sera pas la liberté. La société idéale est parfaitement définie par la conception anarchiste, mais forcée de prendre corps dans la vie, elle ne sera qu'une méchante caricature de son idéal : un fin voile de soie livré aux mains d'un fou.

» La liberté, mon brave garçon, la vraie, c'est l'harmonie. L'évolution sans heurt. Elle ne se trouve que dans le mouvement des astres, où dort le commandement suprême, le commandement sans défaut et sans défaillance. Sur la terre, tu ne le trouveras, proche de sa perfection, de l'Amour, que dans les êtres moins complexes que l'homme. Connais-tu la vie des grues ? Les grues forment la communauté idéale. Dans leur troupeau, chacune d'elles se meut à volonté, est libre de manger ou de ne pas manger, de dormir ou de ne pas dormir, de rester sur un pied ou sur deux pieds, et ne connaît qu'un commandement : celui de l'Amour. Quand elles s'assoupissent, sur les champs, dans la torpeur de l'été, une sentinelle reste de veille et lance, s'il en est besoin, l'appel du danger. Et puis, quand l'automne arrive et que le vent du Nord commence à effleurer leur plumage, elles deviennent mélancoliques. Quelques jours plus tard, au beau milieu de l'attente générale, un cri brusque et perçant, suivi d'un premier vol, électrise le troupeau, ébranle la communauté. L'ordre de départ pour les pays chauds est donné par celui qui porte en lui le génie de l'espèce et qui se trouve toujours à la tête du convoi formé en angle obtus, la pointe en avant.

» Voilà toute la liberté que nous pouvons souhaiter aux hommes, la véritable anarchie, celle que nous n'aurons jamais, parce que, dit-on, nous sommes supérieurs aux grues.

Ils s'étaient séparés ce soir-là pour ne plus se revoir. Adrien, qui était peintre en bâtiment pour le compte d'un patron, fut quelques jours plus tard transféré brusquement à Bucarest, où un chantier nouveau l'attendait. Il avait pu cependant retrouver les traces de Sotir. Au hasard d'une discussion avec un matelot à Braïla, il avait su que son ami avait repris son vieux métier de loup de mer. Il apprenait aussi qu'à ce moment Sotir était sur le *Dacia*.

*

Adrien avait fini de déjeuner. Il demanda un café turc et, cigarette allumée, s'abandonna au rêve de son départ, à ce plaisir inoffensif de l'ouvrier qui se croit à l'abri du souci parce que, pendant quelques jours, il se voit en voyage, servi dans les restaurants et les hôtels. Installé près de la porte, il suivait du regard tous les arrivants. À la pensée de voir la tête que ferait son ami en le voyant là, il sourit d'un bonheur enfantin.

Sotir arriva seul et frôla la table d'Adrien sans l'apercevoir. Celui-ci le tira par l'habit, et le cambusier, se tournant, fut en effet assez étonné :

– Tiens, ça, c'est pas mal ! Qu'est-ce que tu fais là, pinson ? dit-il, prenant avec empressement la main qu'Adrien lui tendait.

– Assieds-toi, avant tout, ici, près de moi : c'est long ce que j'ai à te dire.

Et, hélant le garçon :

– Un café pour Sotir et un autre pour moi !

– C'est comme ça que tu plaques les amis, gaillard ! dit Sotir, faisant le geste de l'étrangler.

– Ah ! mon ami, j'ai été le premier à le regretter : deux jours après notre soirée, le « singe » m'a bombardé à Bucarest sans prévenir. Tu savais bien que je n'étais pas libre comme les grues. Mais, aujourd'hui, je suis libre comme un oiseau.

– Pour combien de temps ? fit Sotir, ironiquement.

– Hélas ! je le sais bien ! mais ne me le rappelle pas. Je veux oublier un instant la chaîne du travail et goûter le plus complètement possible le bonheur de me trouver avec toi.

– Tu m'aimes si fort ? dit Sotir, avec une plaisante discrétion.

Il penchait vers Adrien sa tête touffue aux poils grisâtres.

– Oui, Sotir, je t'aime ; j'ai, depuis, toujours pensé à toi ; tu dois être un ami, pas ?

Et il lui serra la main avec la sincère tendresse de son cœur né pour l'amitié.

– Tu ne te trompes pas : oui, Adrien.

Sotir abandonna son air moqueur :

– Tu ne te trompes pas : oui, Adrien, je suis un ami, pas pour tout le monde, mais particulièrement pour toi. Moi aussi, je me suis demandé souvent ce que tu étais devenu. Dis-moi ce que tu fais là : tu viens chercher du turbin à Constantza, par ce temps ?

– Non, pas ici. En Égypte, si possible.

– Tu veux aller en Égypte ? C'est vrai ?

– C'est vrai ; qu'en penses-tu ?

– Et quand veux-tu partir ?

– Mais, demain soir, par le *Dacia*... et avec toi !

– Tu sais donc que je suis sur le *Dacia* ?

– Oui, je l'ai appris à Braïla, et cela m'a donné du courage ; je ferai le voyage en ta compagnie. Veux-tu ?

Sotir tira de sa poche une luxueuse boîte de cigarettes d'Égypte au couvercle rembourré d'ouate et en offrit à Adrien. Il en savoura l'arôme :

— Tu te permets ce luxe-là ? fit celui-ci.

— Je me permets tout ce que je désire, mais je ne désire que ce que je peux me permettre ; cette boîte ne vaut qu'un franc trente à Alexandrie.

Puis, aspirant avec avidité la fumée de sa cigarette, le regard dans la rue, il répondit mollement à la question d'Adrien :

— Mon ami, je ne puis te dire maintenant tout ce que je pense de ce coup de tête, car tu fais, certainement, un coup de tête. Connais-tu d'autres langues ?

— Je parle grec, c'est tout.

— On le parle en Égypte, mais comme tu n'es pas de ceux qui s'assagissent après le premier coup de tête, il faut apprendre d'autres langues : le français, l'italien. Ce n'est pas tout. Avec ou sans langues, tu souffriras toujours. Bien sûr, moins, quand tu sauras te faire comprendre. Mais la question principale, c'est de souffrir seul et de ne pas faire souffrir : laisses-tu derrière toi quelqu'un qui pourrait pleurer ?

— Qui pleure déjà, dit Adrien.

— Une mère ?

— Oui.

Sotir vit l'affliction sur le visage de son ami, et, sûr d'avoir mis le doigt sur une plaie vive, s'arrêta. Il tâcha, après un moment de silence, de faire diversion, décidé à n'aller pas plus avant. Il demanda :

— As-tu jamais vu la mer ?

Adrien, devenu mélancolique sous le nouvel assaut des tristes pensées de la maison, répondit sans élan :

– Non, je ne l'ai jamais vue.

– Bien, sortons d'ici, alors.

*

La bise s'était un peu calmée, mais il faisait terriblement froid. Les deux amis se dirigèrent vers la promenade qui longe la mer. Adrien était visiblement abattu, et Sotir, qui commençait à peine à connaître son ami, se reprocha sa maladresse. Il essaya de le remonter, mais l'autre ne répondait que par politesse. À un tournant la mer apparut soudainement devant eux, avec de gros remous écumants. Du haut du plateau où ils se trouvaient, la vue embrassait plus de la moitié de l'horizon sombre qui se confondait, au loin, avec la mer plus sombre encore. Le bruit des vagues écrasées n'arrivait à leurs oreilles que par intervalles impressionnants. Adrien, malgré ses pensées tristes, s'arrêta, saisi par l'ensemble de cette vaste plaine noirâtre et mouvante.

– Qu'est-ce que tu éprouves ? demanda Sotir, qui voulait connaître l'homme à sa première impression.

– Je voudrais déjà me trouver sur le bateau et me voir entouré d'eau.

– Tu n'as pas peur ?

– Non, je n'ai pas peur… Je n'avais jamais cru qu'il pût y avoir des horizons si vastes, si éloignés, et je crois qu'en pleine mer le cercle doit être grandiose. Se trouver, comme ça, perdu des jours et des nuits sur un navire ! Ne crois-tu pas que c'est là un spectacle à ne plus oublier ?

– Oui, répondit Sotir, il n'est pas donné à tout le monde de le voir.

Et il pensa : « Malheureux, tu n'en as pas fini avec tes malheurs ! »

– J'aimerais contempler cet infini un peu plus à l'abri. On gèle ici, dit Adrien.

Sotir entraîna son ami par le bras, et ils partirent vers le casino. À l'entrée, Adrien, qui ne savait pas où il allait, regarda son guide avec étonnement.

– Tu veux entrer ici ?

L'autre, approuvant de la tête, ouvrit la porte du vestibule, poussa la porte tournante avec l'assurance d'un homme qui entre tous les jours dans de pareilles maisons, et Adrien se vit dans un de ces locaux de premier ordre dont le luxe éblouit les yeux et ruine la bourse. À cette heure-là, il n'y avait que peu de monde. Sotir choisit une table dans un coin, près de la galerie qui donne sur la mer et, à l'arrivée prompte du garçon en frac et au plastron brillant, il commanda « une bouteille de médoc ».

– Mais, Sotir, tu es fou, nous ne sommes pas habillés pour entrer ici, dit Adrien, ébahi ; et puis, ça doit coûter horriblement cher !...

– Nous sommes assez proprement habillés pour que les requins acceptent notre tribut, répondit Sotir. Quant à la cherté de la consommation, eh, mon brave garçon, on fait des folies bien plus coûteuses que ça, quand il s'agit de caresser un ami sincèrement chagriné, au « cafard » tendre et insinuant !

Adrien vit dans les yeux du cambusier un feu étrange qui lui était inconnu. Sa longue figure bronzée, encadrée d'une barbe encore noire et sauvage, était luisante de sueur, depuis qu'ils se trouvaient dans cette salle étouffante. Sotir ôta son chapeau qui cachait une belle chevelure grisonnante et s'essuya le front avec un mouvement de fatigue. Adrien lui prit la main, et la serrant :

— Je te cause des ennuis, mon ami ? dit-il ; excuse-moi. J'ai des doutes affreux, mais je me sens si bien près de toi ! Je suis souvent sujet à des mélancolies sans motif défini. C'est toujours dans l'amitié que j'ai trouvé quelque consolation. Et tu es un ami, Sotir, je le sens. Il ne m'en faut pas beaucoup, à moi, pour deviner l'ami.

— As-tu eu des amis ? demanda Sotir, avec un sourire incrédule.

— Je n'en ai eu qu'un, que j'ai encore, reprit Adrien avec vivacité.

— Où est-il ?

— Au Caire. Et c'est le désir de le rejoindre qui me soutient dans mes doutes.

Le garçon apporta le vin, déboucha la bouteille et versa le liquide avec des manières fanfaronnes.

Ils trinquèrent. Le verre à la main, Sotir dit, de la même mine sceptique :

— À la santé de ton ami du Caire !

Et il avala le contenu sans façon.

— Sotir, tu ne me crois pas ! fit Adrien.

— Je veux bien te croire, mais... tu ne te trompes pas ? questionna l'autre honnêtement.

— Comme je crois ne pas me tromper avec toi.

— Très bien. Et voudrais-tu partager cet ami avec moi ?

— Ce serait mon plus grand désir. Entre deux hommes qui s'aiment il y a de la place pour tout un monde. Mais, dis-moi, Sotir, es-tu si privé d'amitié ?

Sotir appuya son menton sur la paume de sa main, s'accouda sur la table, et répondit presque en riant :

– Non, je n'en suis pas privé. J'ai, avant tout, la mienne, qui est la plus certaine, et puis...

– Et puis ?

– Celle de ce nectar ! compléta-t-il, en montrant la bouteille.

Adrien écarquilla les yeux.

– C'est affreux, ce que tu dis là ! Que veux-tu donc me faire comprendre ?

– Je veux te faire comprendre, sans trop t'exaspérer, dit Sotir, qu'un homme né pour l'amitié mène sa vie comme une fleur dans une serre.

– Tu crois, donc, que l'amitié n'existe pas ?

– Je ne dis pas cela ; elle est rare, mais ce serait nier l'évidence que de la nier ; pourtant, nous ne venons pas au monde avec un ami soudé à l'épine dorsale, comme chacun naît avec ses poumons, ses poumons bien à soi, avec lesquels il respire. L'esclave de l'amitié ne respire qu'avec les poumons de cette maîtresse. Tu me parais un de ces esclaves, que j'ai été, que je suis encore, par nostalgie, car, un jour ou l'autre, la maîtresse nous quitte. Elle nous quitte à la suite de modifications auxquelles tout cœur humain est sujet ; souvent, à la suite d'événements plus forts que le cœur, et quelquefois par nos propres fautes. L'amour des passionnés est sans mesure ; il étouffe en serrant trop.

Sotir versa un second verre qu'il vida sans trinquer, et remplit celui d'Adrien qui était à peine entamé. Ils allumèrent des cigarettes. Les mouvements du matelot avaient quelque chose de machinal, son esprit semblait loin. Adrien buvait ses paroles et se taisait religieusement. Il voyait bien que son ami souffrait. Celui-ci reprit, comme pour soi-même, le regard perdu dans un rêve :

— Mais celui qui aime un homme avec une pareille passion aime tout ce qui est beau avec la même force, et il y a des choses bien moins capricieuses que l'amitié, qui s'offrent à son amour. Celui qui possède un art, se donne à cet art, et si la douleur est tellement grande que le monde extérieur lui est matériellement indifférent, il produit des chefs-d'œuvre. Et celui que la nature, comme moi, n'a pas voulu douer d'un don créateur, celui-là peut se jeter éperdument dans l'admiration des beautés terrestres, qui sont multiples et éternelles dans leur indifférence, si les sources de son amour n'en sont pas encore taries. Qu'elles le soient, l'homme devient la plus atroce compagnie pour l'homme et son existence plus inutile que celle d'une pierre. Mais si sa vigueur reste intacte, il peut embrasser l'univers. Quand les chaînes de notre tumulte intérieur tombent brisées, si l'amour se maintient, notre vie devient aussi libre que celle d'un astre. Mais c'est dur ! C'est dur tout de même ! Nous ne sommes pas créés pour jouir de cette liberté-là, parce que nous sommes plus complexes que les astres. Nous souffrons, tandis qu'ils ne souffrent point. Et s'il n'y avait que la douleur ! L'être humain, et même l'animal, est sociable, et rien n'est plus pénible que de lui enlever la société, surtout quand il y tient par de trop profondes racines.

» Je me suis passé, moi, de la société, et je m'en passe. J'aime la terre, les voyages et le doux farniente. J'ai appris des langues, plusieurs, et j'ai vu une bonne partie du globe. J'ai été cultivateur dans les pampas de l'Amérique du Sud et j'ai élevé des milliers de canards au Mexique. Je joue, un peu, de la petite flûte. Pendant vingt années, qui ont passé comme un jour, je ne me suis entretenu qu'avec les plantes, les bêtes, les splendeurs de la nature sauvage et leurs fléaux, mon fusil, ma flûte, et surtout mon incomparable « cafard ». J'ai eu affaire avec des hommes aussi, plutôt pour m'en défendre. Et j'ai goûté les satisfactions que procure le travail acharné, mais qu'on aime, et les flâneries auxquelles on a droit. Je peinais comme un bœuf, jusqu'à ce que je tombasse sur la bêche et qu'on me versât de l'eau fraîche sur la tête pour me ranimer. Puis, quand la récolte était échangée contre de belles poignées d'or et le temps du repos arrivé, je m'enfuyais loin de tout regard humain, je m'allongeais dans le foin, et là-bas, pendant des heures, souvent de l'aurore au crépuscule, je m'abandonnais aux forces mystérieuses qui m'ont donné la vie. Je ne tenais plus à l'existence que par quelques rares fusées qui brillaient tantôt d'un souvenir, tantôt d'un autre, lâchées de temps en temps par mon cerveau somnolent et vagabond. Et lorsque l'aboiement nocturne des chiens de la ferme et le coup de fusil conventionnel du « rentrez » me rappelaient à la réalité, je n'aurais pu affirmer s'il s'était écoulé un jour ou un siècle.

» Mais les choses humaines ont, toutes, une fin. Je perdis l'un après l'autre, deux êtres chers, une femme, qui était devenue ma femme, et son frère, tous les deux emportés par les fièvres. Je devais, dorénavant, rester seul et sur le qui-vive. Voilà comment, un beau matin, je m'aperçus que j'en avais assez, et de mes pommes de terre et des convoitises peu rassurantes que mon or suscitait. Je lâchai le tout à bon compte. Avec une petite fortune réalisée en onze ans de travail, je pris la route de l'océan, en monsieur à la gabardine sur le bras, au beau chapeau de feutre, ou à la casquette enfoncée sur les yeux, bague à brillant, camée à monogramme, morgue de milliardaire. Je donnais des poignées de main au commandant sur sa passerelle, je plaisantais dans la salle à manger en espagnol et je raillais, au salon, en français, les sots qui naissent dans la pourpre et ne savent demander le nom d'une rue que dans leur langue maternelle. Et puis, je m'ennuyai, à Madrid, à Paris, à Londres. Pendant dix-huit mois, je fréquentai le monde le plus banal qui soit, les oisifs par profession ; et, tout à coup, j'eus envie de demander mes émotions au jeu. Je jouai, et perdis par vanité les trois quarts de ce que j'avais ramassé avec mes pommes de terre en onze ans. Enfin, j'étais soulagé, je retrouvai mon équilibre.

» Il y a des hommes qui ne sont heureux que dans la pauvreté. Je suis de ceux-là. Avec ce qui me restait, je filai au Mexique, j'achetai une petite ferme dans un endroit des plus périlleux, et j'y fis de l'élevage de canards par couveuses artificielles. Dans ce pays-là, dix mille canards ne demandent, pour grandir, que de l'eau, qu'ils ont en abondance, et trois bons fusils pour les mettre à l'abri des balles malveillantes. J'avais le mien qui comptait pour six, mais je devais le tenir toujours braqué sur les deux autres qui étaient à mon service. Ce n'était pas une petite affaire. J'en fis la triste expérience. En quatre ans, je m'étais retapé, mais, une nuit, en sortant faire ma « ronde », une balle m'atteignit en plein ventre. Le matin, les canards étaient à leur place, mais l'or de ma ceinture n'y était plus, et moi, grièvement blessé, j'étais seul. Je ne désespérai pas : accident bien commun dans la contrée. Je guéris. Cette fois-là, au lieu d'hommes, je m'entourai de huit chiens, gros comme des veaux, et méchants à se manger leurs propres queues. Cela marcha bien pendant trois autres années. Je devins sauvage comme le pays et mes chiens. J'avais de nouveau un peu d'argent et, devant moi, prêts à livrer aux marchands, quelques milliers de canards. La somme qu'ils devaient me rapporter n'était pas à dédaigner.

« Pourtant, je n'avais pas tout prévu. Et l'imprévu le plus redoutable arriva sous la forme d'un de ces cataclysmes qu'on appelle cyclone. Il fut formidable. Réfugié à l'étage supérieur de la ferme, j'assistai, impuissant, au ravage. Il faillit emporter la maison, et moi avec elle. Quinze heures après, il ne me restait, sur douze mille têtes de volailles, que sept cents environ, qui nageaient, étourdies, parmi les arbres déracinés, dans le calme de cimetière qui suivit le cyclone. De mes chiens, plus de trace. C'est ce que je regrettai le plus : l'un d'eux m'était plus cher que mon bien. J'ai tout oublié de mes malheurs ; je n'oublierai jamais la perte de cet ami ; car, certainement, dans le mystère des créations, il doit y avoir de graves erreurs. Des individus destinés à l'animalité prennent figure humaine, et des créatures douées de qualités qu'on retrouve difficilement parmi les hommes naissent dépourvues de parole et sous forme de bête.

» Maintenant, mon ami, buvons, buvons ce liquide divin et... soit loué Celui qui a créé la vie et l'a compliquée de telle façon que nous ne nous y retrouvions plus !... La faute en est à nous : le cerveau ne nous a pas été donné pour expliquer l'inexplicable, mais tout juste pour ne pas buter contre les arbres.

*

Sotir but et fit une mine plaisante. Il ne voulait pas paraître trop sentimental. Adrien ne buvait que très peu ; par contre, il fumait déraisonnablement. Il se passionnait pour l'histoire de son ami, mais il voulut savoir si celui-ci se suffisait à lui-même, et il l'interrogea :

– Tu peux donc te passer de l'amitié ?

– Oui, quand elle me tourne le dos ! et que pouvons-nous faire, d'ailleurs ? l'implorer à genoux ? Obtient-on jamais autre chose que de la pitié en l'implorant ?

– Mais on souffre...

– On souffre, naturellement. Tout est souffrance dans l'homme sentimental, là est la beauté !

– Dans la douleur ?

– Oui, dans la douleur !

– Tu es un vertueux, alors...

– Je ne suis pas un vertueux du tout : la vertu, chez les passionnés, c'est le refuge du désespoir, et je ne désespère de rien...

– Ou un stoïque, si tu veux, compléta Adrien.

– Et stoïque, je le suis moins encore. *Je suis un jouisseur,* dit Sotir, appuyant sur cette phrase ; la jouissance de l'homme qui arrive à atteindre le maximum de liberté. J'adore l'amitié. Je l'ai eue. Je l'ai perdue. Et, en attendant qu'elle revienne, je pense à elle de toute la force de ma passion. Dans mes heures de loisir, quand, seul, dans ma chambre, ou sur un chemin solitaire, le souvenir de l'amitié disparue m'apparaît dans son cadre mélancolique, j'oublie les peines, j'oublie toute réalité, je tends les bras et je me livre entièrement à l'image aimée. Alors, je revis des instants vécus qui, dans l'atrocité de l'existence, n'ont pu avoir de suite. Pour les cœurs exempts de rancune, la jouissance est complète, car le souvenir leur vient débarrassé de toute vilenie. D'ailleurs, je sais, et tous les idéalistes arrivent à le savoir à un certain âge, que le sublime n'existe que dans la pensée, dans le désir. Tu peux bien ne pas être celui auquel je songe en ce moment, mais cela n'empêche pas de vivre une heure d'épanchement. Et si l'amitié est belle quand on la possède, elle l'est davantage quand elle vous fuit : le soleil ne se fait mieux valoir que sous un ciel couvert. Je ne dis pas que l'absence de l'amitié est supportée, par les affectueux, sans cris et sans larmes, mais c'est précisément la douleur qui rend la beauté des sentiments plus éclatante. Les voyages, pour moi qui suis un voyageur-né, m'apparaissent dans toute leur splendeur quand je suis enfermé dans un chantier. Et quand j'enjambe une route champêtre après quelques mois de détention ouvrière, il me semble que tous les oiseaux de la terre viennent prôner le « Créateur » autour de moi. Mais on n'arrive pas toujours à s'évader promptement de ces géhennes modernes et c'est alors qu'il faut se contenter du souvenir. Plier sous le désir de ce qu'on vous refuse, gémir sous le poids d'une charmante nostalgie, sentir tout son être envahi et transporté par une douce réminiscence au point de voir l'outil tomber de la main, voilà ce que j'appelle « avoir le cafard » !... Le « cafard » est le meilleur compagnon de ceux qui demandent trop à la vie : il n'y a que lui qui nous reste fidèle et nous satisfasse entièrement... Il me paraît, Adrien, que tu es un de ces insatisfaits-là. Ton chemin sera dur.

— Mais je ne ferai jamais de mal à un ami, objecta vivement Adrien.

— Il n'est nul besoin de faire de mal à un ami pour le perdre. On perd une amitié comme on perd une maîtresse, tout en aimant... Et on se voit tout d'un coup seul, ne sachant pas comment, ne sachant pas pourquoi... Au début on ne s'en aperçoit pas, et on continue à parler comme si l'on était accompagné, puis la réalité perce, et l'on ne veut pas y croire. Après, on croit et on accepte. C'est vrai ? Oui, c'est vrai !

» Alors commence la pire et la plus belle des existences à la fois ! La pire, parce qu'on s'imagine encore longtemps que les grandes amitiés se font à chaque coin de rue et que tout homme cache un ami. On voit des mains se serrer affectueusement, des visages se sourire, on se donne des baisers dans une gare, et on se dit : « Ce sont des amis ! Et moi ? Moi aussi je suis un ami ! » Et te voilà livré au premier inconnu qui t'a serré la main avec effusion et t'a parlé avec une certaine tendresse. Tu t'ouvres, tu es prêt à pleurer à l'occasion, et le pauvre qui ne te cherchait que pour faire une partie de billard, ce dimanche-là, en ta compagnie, se demande si tu n'es pas toqué ! Il voulait te parler de ses affaires, de sa maîtresse, du dernier fameux match, et tu lui parles de ton cœur et du sien qui... ne te regarde pas ! En voilà un insensé !

» Ainsi, cent fois, tu prendras une hirondelle pour le printemps et tu connaîtras le ridicule de la passion ! Mais après les pénibles convulsions des sentiments inconscients, vient le calme, le baume d'un cœur apaisé, d'un autre cœur. Les deuils les plus grands ne sont pas ceux pour lesquels on se presse d'afficher un brassard et les douleurs les plus meurtrières ne sont pas celles que l'on sent du premier coup. Dans le calme tu souffriras encore, mais tu sauras que cette souffrance est de celles qu'il faut taire, car les hommes ne sont sensibles et ne prêtent secours qu'aux détresses qui leur sont communes. En parlant de la perte d'un ami à un brave commerçant, tu risques d'entendre qu'il ne croit plus à l'amitié depuis qu'il a prêté cent francs à un ami qui ne les lui a pas rendus. Et le monde est plein de commerçants. Or tu sais que l'affection que tu déplores n'a aucun rapport avec l'argent, sinon celui de l'offrir promptement. De cette façon tu connaîtras l'abîme de l'entendement humain et tu te lèveras sur les cimes de la douleur incomprise. Mais tu n'y resteras pas longtemps ! Comme le joueur enragé qui, malgré les échecs subis et les fermes promesses de ne plus retourner au jeu, y retourne cependant et joue avec rage, ainsi, tu descendras de tes hauteurs et essayeras de nouveau ta chance. Comme lui, tu seras encouragé par de petites revanches qui font oublier le calme et la mesure, tu joueras fort et tu perdras avec brio !…Car il y a une médiocrité dans l'amitié comme dans tout le reste : celle des baisers dans les gares, des serrements de main affectueux et des sourires aimables, manifestations bon marché à la portée de tout le monde, comme les faux bijoux. Maintes et maintes fois tu prendras l'eau bénite pour du malaga, et l'ami de tout le monde pour un ami ! Et autant de fois tu te retrouveras seul avec la conviction que l'amitié est comme l'inspiration qui visite le cœur et le cerveau pendant la nuit, ou la durée d'une promenade, puis s'en va et reste sourde à tes appels. Ce n'est qu'après de nombreuses chutes et de nombreux réveils que tu trouveras, chancelant, le bon chemin, qui est celui de la résignation. Mais attention à ce tournant ! Ce n'est pas en maudissant qu'il faut se résigner : on ne maudit pas la lumière quand on devient aveugle, mais on vit de son souvenir. L'amitié dont ton cœur renferme peut-être le germe dès le jour de sa conception n'est pas de celles qui portent rancune à l'ami éclipsé, car elle est l'essence de la générosité, comme l'amour de ces mères qui continuent à aimer leur enfant, même après avoir été battues et jetées par lui à la rue. Tu peux courir le monde sans rencontrer une âme pareille à la tienne, cela ne prouve rien, sinon que le hasard refuse de te servir : on ne se donne pas à un homme avec la facilité qu'on se donne à une femme. On peut aimer n'importe quelle belle, comme on mange n'importe quel plat mangeable, mais pour adorer un ami, il faut qu'il soit porteur du sublime altruisme, comme l'est le soleil pour certaines fleurs qui attendent la pointe du jour pour s'épanouir. Et si, à un heureux croisement des routes de ta vie, ce génie de l'amitié vient confirmer ton propre génie, tu ne dois plus douter de son existence ni te plaindre lors de son éclipse. Disparu, tu vivras de sa tramée lumineuse, qui embellit la nature et rend ta solitude pleine d'espérances, comme la solitude de la jeune fille abandonnée qui porte dans son ventre le fruit de l'amour qui l'a foudroyée. Partout où tu mettras le pied, tu trouveras les traces de son passage ! Partout ta pensée reviendra vers lui, car les choses en elles-mêmes n'ont qu'une beauté froide sans son Amour. Que sont les beaux levers de soleil, les superbes crépuscules, les nuits argentées, les interminables flâneries solitaires dans les bois et dans les champs au mois de mai, sans le grand Amour qui féconde nos sens ? Tristesses, désolations neptuniennes ! les suicides des mélancoliques sont plus fréquents au mois de mai qu'en octobre, parce que la résurrection de la nature ne s'accorde pas avec le ciel gris de leurs sombres pensées.

» Le charme est en nous, entretenu par l'Amour. Hors de nous : la grande Indifférence !